UNE TOMBE EN TOSCANE

Du même auteur

Voir page 315

Maurice Denuzière

Une tombe en Toscane

roman

Prix Claude-Farrère 1961

Fayard

Avant-propos

Voir reparaître un roman de jeunesse est toujours pour l'écrivain un bonheur teinté de nostalgie. Lorsque l'événement survient, le texte ancien exhale, sous couverture neuve – du seul fait de son âge, de l'époque et de la société qui lui servirent de cadre, de l'immaturité de l'auteur aussi –, le parfum d'un monde révolu.

La publication nouvelle, quarante années après l'édition originale, prend valeur de prototype désuet, d'exhibition involontaire, presque de confession, même si l'ouvrage – et c'est le cas pour *Une tombe en Toscane* – n'a rien d'autobiographique. Le lecteur qui s'est intéressé, au fil des décennies, aux travaux de l'auteur, va ouvrir avec curiosité l'ouvrage ignoré. Il y recherchera des indices permettant de suivre à rebours l'évolution intellectuelle de l'écrivain, celle de sa langue, de son style, de ses goûts, de ses tics.

Nul auteur, si fameux qu'il soit, n'est assuré de sortir indemne de ce genre d'investigations, même bienveillantes !

C'est peut-être pourquoi certains écrivains retouchent, corrigent, révisent, tronquent l'ancien livre destiné à réédition. D'autres le nourrissent, l'engraissent, croient le bonifier par des ajouts, fruits d'expériences vécues, de connaissances acquises, d'opinions nouvelles, de déceptions éprouvées. Les plus soucieux de leur image s'appliquent à gommer tout ce qui peut rappeler des influences littéraires ou philosophiques depuis longtemps tues ou répudiées. Les plus grands ont sacrifié à ce ravalement que dénonce le « revu et corrigé » loyalement imprimé par l'éditeur.

De telles interventions sont nécessaires quand il s'agit d'ouvrages scientifiques ou techniques que l'auteur se doit d'actualiser en fonction des dernières découvertes. Elles restent louables pour les livres d'histoire, comme elles sont acceptables pour les biographies, quand archives et correspondance ont livré des informations nouvelles sur le portraituré et son temps. En revanche, le fait de plus ou moins réécrire une fiction équivaut à proposer au lecteur un nouveau livre qui n'ose pas dire son nom. L'écrivain qui graticule – selon l'expression chère à de Gaulle – pour mettre un vieux texte à la mode du jour, ou simplement lui donner la tonalité des œuvres postérieures qui obtinrent le succès refusé au livre d'autrefois, égare son lecteur et se trahit lui-même. En conservant thème, personnages et intrigue, mais en les accommodant à sa manière d'écrivain mûr, il ne fait que se plagier, ce qui est son droit. Cependant, ces révisions tardives peuvent enlever au texte la spontanéité souvent maladroite, parfois naïve, mais en général sincère de l'auteur débutant. Souvent, en effaçant, par une sorte de respect humain, les empreintes d'une éducation ou d'un engagement, l'auteur qui révise fait à dessein, ou accidentellement, disparaître les signes, peut-être déjà perceptibles, de ce que sera son œuvre alors à venir et maintenant publiée.

La pratique n'a rien de condamnable, l'écrivain, comme le capitaine, étant seul maître à bord de son livre. Au moment d'une réédition, il ne s'agit que d'un choix.

J'ai choisi la fidélité au livre premier. C'est tel quel, « dans son jus », comme disent les antiquaires en parlant d'un meuble ancien qui n'a pas été restauré, qu'*Une tombe en Toscane*, écrite en 1959, est livrée aux lecteurs de 1999. Seules ont été admises des corrections typographiques et supprimées quelques fautes ou répétitions agaçantes dues à l'inattention.

En parcourant ces pages, dont il se rappelle avoir relu les épreuves au cours d'un hiver andalou, dans l'ambiance monacale de l'Alhambra de Grenade, l'auteur est bien forcé de reconnaître que la bourgeoisie provinciale et industrielle qu'il mettait en scène a disparu.

En 1959, le patron d'une usine de province tenait encore un peu du maître de forges. Il pouvait être critiqué mais non contesté. Il était craint et respecté, son autorité étant celle du responsable. On attendait de lui qu'il maintînt la prospérité de son entreprise et assurât du travail aux ouvriers. Ces derniers revendiquaient, certes, des améliorations de leur sort, mais ne recouraient à la grève que contraints et forcés, et très rarement à la violence.

Au sein des familles bourgeoises régnait en général le même respect du père. L'autorité parentale n'était pas encore une vaine formule de fonctionnaire. Garçons et filles obéissaient et leurs écarts de conduite étaient punis sans qu'ils aient l'idée d'alerter la justice pour une gifle, alors reçue et acceptée, car le plus souvent méritée. Les écoliers écoutaient leurs maîtres et apprenaient leurs leçons, les lycéens n'insultaient pas leurs professeurs, les étudiants ne tutoyaient pas les leurs. Les bacheliers avaient seize ou dix-sept ans et savaient que Louis XVI régna avant Napoléon Ier et Louis XVIII après ! On comptait en France, en 1959, moins d'un million de récepteurs de télévision et la moitié des provinciaux ne pouvaient, faute de relais, recevoir la seule chaîne en service.

On ne fumait pas de haschisch dans les surprises-parties villageoises. On dansait sur la musique d'*Orfeo Negro*, on se pâmait quand Ray Charles chantait *Georgia in my mind*, et l'on pleurait dans les cinémas devant *Hiroshima mon amour.* Bref, on était encore sentimental... pour quelque temps !

Les rapports entre jeunes gens et jeunes filles relevaient du flirt plus que de la liaison. On était amoureux avant d'être amants et celle qui se donnait à un garçon prenait le risque d'une grossesse qui serait unanimement condamnée et mettrait sa vie en danger en cas d'avortement par les faiseuses d'anges trop bien nommées. L'offrande du corps était alors une preuve d'amour, pas une simple conjonction de désirs élémentaires. On ne se donnait pas rendez-vous dans un lit comme dans un bar !

Depuis la publication d'*Une tombe en Toscane*, Mai 68 a rendu caduques bon nombre de valeurs qui avaient encore cours, en province, il y a quarante ans. Le patronat héréditaire n'ose plus dire son nom, la pilule contraceptive a banalisé les rapports sexuels, Concorde a mis New York à trois heures de Paris, des hommes ont marché sur la Lune, l'ordinateur est devenu l'indispensable serviteur, Internet a mondialisé les échanges informatiques. Espace et temps s'étant réduits, notre planète s'est ratatinée comme un fruit sec. Pendant les décennies prospères, les jeunes ont délibérément renoncé à toute quête mystique. Depuis peu, ils semblent y revenir, parfois à travers de faux-semblants, telles les sectes. Les savants, quoiqu'ils s'en défendent, sont disposés à fournir bientôt à chaque homme son double de rechange !

Il se pourrait que l'intérêt de la réédition d'un livre de jeunesse tienne donc, pour le lecteur sans préjugés, aux anachronismes qu'il révèle. L'accélération de l'histoire, en quarante années, fut telle que le monde d'hier est encore plus lointain que ne l'indique le décompte arithmétique des jours.

Pour l'auteur, la relecture de ce roman, dont il ne renie rien, fut un constat rassurant. Déjà sont présents dans *Une tombe en Toscane* les thèmes auxquels il reste attaché. Le triangle néo-platonicien – l'art, l'amour, la mort – dans lequel sont enfermées nos vies ; le goût du passé et des voyages de découverte ; les histoires secrètes des familles longuement développées plus tard dans les séries *Louisiane* et *Helvétie*. Il confesse aussi l'influence non dissimulée des fameux duettistes des lettres anglaises du XVIIIe siècle, Johnson et Boswell, de Charles Morgan, auteur de l'inoubliable *Fontaine*, avec qui il correspondait à l'âge de seize ans ; celle encore d'Aldous Huxley, le maître du roman intelligent, de Valery Larbaud, de Henry James, de Thomas Mann et de quelques autres qui font escorte aux grands classiques grecs, latins et français de ses humanités.

Atteindre à l'immobilité de l'axe de la roue qui tourne, concilier action et contemplation, tel était le but mystique inexprimé des héros d'*Une tombe en Toscane*, roman de jeunesse. Tous ceux qui, sous la plume du même auteur, leur succédèrent, ont tenté, pas à pas, de se rapprocher de cet idéal que ni l'évolution des mœurs et des technologies, ni les philosophies de bazar, ni les snobismes idéologiques qui passent, ne peuvent abolir.

M. D.
janvier 1999.

PREMIÈRE PARTIE

LA FIN

1.

Les porteurs posèrent le cercueil devant le caveau des Malterre. D'autres croque-morts disposèrent les gerbes et les couronnes, si nombreuses qu'un fourgon spécial avait été nécessaire pour les transporter, pendant que la foule convergeait en files sinueuses et lentes entre les tombes, vers l'apothéose d'une cérémonie conduite par un ordonnateur venu tout exprès de Paris.

Sous un drap noir à franges d'argent, une petite tribune prenait toute la dignité qui convient au piédestal des oraisons funèbres. Par-dessus les fleurs, elle regardait vers le cercueil voilé sur lequel un coussin garni des décorations de feu Louis Malterre ressemblait à une palette aux couleurs insolites au milieu de tout ce noir. L'ordonnateur retira son bicorne à cocarde et la foule s'ouvrit sur le trio que Camille Malterre, la veuve, formait avec son fils Jean-Louis et sa fille Agnès. Camille s'assit toute raide sur une chaise boiteuse, sa fille eut l'air de se serrer contre elle, mais Jean-Louis resta debout. La foule ne voyait que les Malterre : au milieu du crêpe noir le blond bouclé de la chevelure des femmes, et, carrée, la silhouette de l'homme, seul, à qui revenait le privilège de montrer le visage de la famille en deuil.

La crispation de la pudeur et les larmes versées traçaient au-dessus du nez courbe de Jean-Louis ces deux petites rides verticales qui marquaient déjà le visage de son père, comme des parenthèses entre les yeux. Ceux qui lui serrèrent la main, plus tard, à la sortie du cimetière, pensèrent tous qu'il était le portrait vivant du mort. En le disant au jeune homme, ils auraient probablement mieux apaisé sa tristesse qu'en lui offrant de banales condoléances.

Sous son voile, Camille Malterre ne pleurait pas. Elle considérait un scarabée qui venait à la rencontre de sa chaussure vernie et pensait aux étranges bêtes nécrophages qui ne tarderaient pas à s'attaquer au corps de son mari. Cette pensée lui donna un frisson que sa fille prit pour un sanglot. Elle sentit la main moite d'Agnès sur son poignet. La jeune fille, elle, pleurait. Camille se mit aussi à pleurer doucement, non pas comme une veuve ou comme une mère, mais comme pleure une bourgeoise sensible à la fin d'un mélodrame.

L'ordonnateur s'était approché de Jean-Louis.

– Puis-je donner la parole au président ?... dit-il, de cette voix que seuls possèdent les sommeliers stylés.

Le jeune homme ayant eu un signe de tête approbateur, l'homme noir put emprunter la voix d'un annonceur mondain :

– Monsieur le Président de la Chambre syndicale de la Métallurgie.

Un petit vieillard sec, triturant quelques feuillets dactylographiés de ses mains gantées de fil gris, se dirigea vers la tribune. Il commença d'une voix mal assurée, fixant le cercueil :

– Mon cher Louis...

Mais dès la deuxième phrase, se prenant pour un Bossuet laïc qui sait que son oraison sera commentée, il retrouva le ton qu'on lui connaissait dans tous les congrès.

– Quand Louis Malterre sortit de Centrale en 1922, il avait de l'ambition, mais une ambition justifiée par ses mérites et sa valeur. Il voulait faire du petit atelier de charpente métallique que possédait son père dans notre ville de Saint-Chamond une grande usine. En dix années de travail, il devait y réussir brillamment et tous ceux qui se sont intéressés, au cours de leurs voyages à l'étranger, aux techniques industrielles ont reconnu sur les machines, sur les paquebots, aux arches des ponts lancés sur les fleuves, dans les constructions gigantesques ou minutieuses, le nom de Malterre. Il laisse à son fils une renommée mondiale et une entreprise qui donne du travail à près de deux mille ouvriers. Organisateur-né, industriel audacieux et tenace, il nous laisse à tous l'exemple du travail et de la foi. Mais Louis Malterre ne s'est pas satisfait d'une seule réussite professionnelle, il a voulu aussi réaliser pleinement sa fonction d'homme. Capitaine au cours de la dernière guerre, il sut – malgré une grave blessure – animer la résistance désespérée d'un petit village d'Alsace où il vit périr presque tous ses soldats.

» Courageusement, au lendemain de l'armistice, malgré les difficultés, il relança la fabrication et développa encore ses usines, tout en se préoccupant de former son successeur, ce fils malheureux, qui peut être assuré de trouver auprès des amis de son père la même estime et la même amitié. Grand industriel, père de famille irréprochable, soldat valeureux, il devait être nommé conseiller du commerce extérieur après avoir été désigné à plusieurs reprises par ses pairs pour représenter la France dans des rencontres internationales. Souvent, on le crut distant et froid, parce qu'il était réfléchi et discret, ne sacrifiant rien de lui-même ni de son travail aux vaines occupations de la vie mondaine, ne cherchant pas à élargir le cercle des rares amis qu'il s'était choisis et dont le premier était son fils.

Agnès n'avait pas lâché la main de sa mère. Elle pensait que tout ce qu'avait dit jusque-là de son père ce président, qui s'était toujours senti menacé par la personnalité du mort, était ce que tout le monde aurait pu en dire. Elle souhaitait ardemment qu'il en arrivât aux condoléances et que toute cette foule, qui sautait d'un pied sur l'autre, pût s'en aller. Mme Malterre continuait à guetter les évolutions du scarabée, mais la buée des larmes et la mousse du voile ôtaient toute acuité à son regard. La bestiole s'était glissée hors de sa vue, comme si, respectueuse du deuil, elle voulait supprimer une distraction inadmissible.

Maintenant, le président terminait son allocution.

– Mon cher Louis, dit-il en se tournant vers le cercueil et sans regarder son papier, car il avait pris soin d'apprendre par cœur la dernière phrase, mon cher Louis, fidèlement, nous garderons ta mémoire, fidèlement nous révérerons ton exemple. Adieu.

Avant de faire face à la famille, le président se moucha, en profita pour regarder l'auditoire qui paraissait d'autant plus attentif qu'il sentait proche la fin du discours.

– Madame, nous respectons votre immense douleur. Mademoiselle, nous savons combien vous ressentez le vide de ce foyer privé de son chef, et vous, mon cher Jean-Louis, nous comprenons maintenant combien, dans ce chagrin désespérant, vous aurez à faire pour assurer la mission à laquelle vous avait préparé votre père. Puissent notre affection et notre soutien fidèle vous aider à surmonter l'épreuve, notre amitié vous encourager à poursuivre.

Dans la foule, tandis que l'ordonnateur tendait le goupillon à la veuve qui devait encore ouvrir le cortège des bénédictions, une dame fort élégante se pencha vers son mari.

– C'était bien, dit-elle. Le fils, qui a l'air aussi orgueilleux que le père, devrait être content.

Mais Jean-Louis n'était pas du tout satisfait. Il avait trouvé l'éloge funèbre plat et banal et il n'était pas près de pardonner au minuscule vieillard d'avoir osé tutoyer son père mort.

En descendant vers la ville dans « le carrosse » – c'est ainsi que son père appelait la Rolls noire que conduisait Émile, le chauffeur de la direction des Établissements Malterre – Jean-Louis était atterré de se trouver seul sur la banquette. Sa mère et sa sœur n'avaient pas voulu recevoir les condoléances de la délégation des ouvriers et avaient préféré rentrer dans la voiture de M. Vérimont, le fondé de pouvoir.

Quand Émile lui avait ouvert la portière, il s'était assis instinctivement dans le coin gauche où il se tenait quand son père était avec lui, laissant vide la place du patron. Il avait fermé les yeux, imaginant sa présence, imaginant qu'il revenait avec son père des obsèques d'un autre industriel. Louis Malterre détestait les cérémonies funèbres mais il mettait un point d'honneur à les suivre. C'était nécessaire.

La veille d'un enterrement, il lui disait simplement après le rapport des ingénieurs : « Demain, tu m'accompagneras aux obsèques de ce pauvre Durand. » Mais il prononçait « pauvre » avec un tel accent d'ironie blessante que l'autre aurait dû avoir honte d'être mort. Puis il ajoutait : « Il faudra dire à Émile de sortir le carrosse et d'être à la maison à 8 heures 30. Nous irons à la messe et au cimetière. Ça nous fera perdre du temps, mais, ajoutait-il en riant, quand les autres s'en vont, il faut toujours être là pour les saluer. C'est une politesse à leur rendre pour la place qu'ils nous laissent. »

Quand il devait se rendre à ces cérémonies, Louis Malterre, toujours soucieux de l'aspect de sa personne, mettait une cravate de soie noire. Il la nouait devant sa glace avec le geste élégant et rapide d'un prestidigitateur. « La dernière fois que je l'ai mise, disait-il, c'était pour Untel... »

Et, la veille de l'enterrement, Jean-Louis était allé chercher la cravate de soie noire qui conduirait un autre deuil. Devant la glace de Venise où tant de fois son père avait refait le même geste, il l'avait nouée en pleurant. Maintenant, sur la banquette de la Rolls, il était seul et bien seul. Il ne pourrait dire à personne le déchirement de sa solitude. La mort le laissait sans défense. Comme un chien devant le fauteuil vide de son maître, il eut envie de hurler de chagrin, dans cette voiture luxueuse qui avait toujours, semblait-il, suivi des corbillards. Pour lui, elle ne transportait que des souvenirs d'enterrements ou de réceptions sinistres.

Mais jusqu'à ce jour cela n'avait rien eu de triste, car l'esprit caustique de son père était toujours excité au retour des cérémonies funèbres. Jamais, peut-être, on ne se sent aussi heureusement vivant qu'en revenant d'un cimetière. « Un mort, disait son père, c'est une chair froide et molle, une enveloppe qui porte sa pourriture. Quand on en a vu un, c'est une jouissance de se mordre un doigt pour se sentir vivant. »

De sa mort, à lui, il n'avait jamais parlé, comme s'il devait être éternel. Et Jean-Louis se disait qu'il devait l'être, puisque lui, le fils, se sentait devenir le mort.

Au moment où la Rolls entrait dans le parc, Jean-Louis vit devant la maison une douzaine de voitures et il envisagea d'autres condoléances inévitables. On devait l'attendre pour lui dire tout ce qu'il avait dit lui-même à des gens pleurant dans des maisons vides. Il ne put supporter cette perspective et, ouvrant la glace de séparation, ordonna :

– Émile, nous allons à l'usine.

La Rolls fit le tour du gazon pour repasser le portail.

C'était la première fois que Jean-Louis donnait un ordre à Émile dans la voiture. Ce n'est qu'en ouvrant la portière, dans la cour de l'usine, que le chauffeur se souvint que le jeune homme avait eu, en s'adressant à lui, la voix nette de son père. Une voix qui privait d'éclat les voyelles et n'accordait aux consonnes aucune gravité. La voix du patron qui se sert des mots pour fabriquer des ordres, comme d'une machine pour fabriquer des objets.

« Comme l'autre il sera, celui-ci », pensa Émile en remettant sa casquette. Mais, dans le fond, ça lui était bien égal. Pour lui, les Malterre, père et fils, étaient des figurants. Il n'aimait que les belles voitures !

Dédaignant le péristyle prétentieux des bâtiments de la direction devant lequel Émile avait arrêté la voiture, Jean-Louis se lança dans la traversée de la cour. Il voulait, comme son père le faisait chaque matin, parcourir les ateliers en rejoignant son bureau. Louis Malterre, à huit heures et demie, descendait de sa voiture devant l'usine. Le garde le saluait mais n'avait jamais le temps de lui ouvrir la petite porte découpée comme une chatière dans l'immense rideau de fer. Émile, qui attendait chez le concierge en buvant un café ou en fumant une cigarette, allait ensuite ranger la voiture. L'usine, dès ce moment, vivait à son rythme normal. Le patron était arrivé. Tous les ingénieurs, les chefs d'atelier, contremaîtres et chefs d'équipes savaient que l'heure des conciliabules, des critiques, des visites de bureau à bureau était passée. Il fallait maintenant, jusqu'au rapport de onze heures, que tous les instants soient consacrés au travail.

Quand il était en voyage à l'étranger ou à Paris, Louis Malterre téléphonait tous les jours à ses principaux chefs de service, se faisant préciser l'état d'avancement des commandes. C'était son fils, ces jours-là, qui parcourait les ateliers vers huit heures et demie, avant d'aller suivre de son bureau toutes les conversations que son père avait par téléphone. Plus tard, au rapport, il pouvait vérifier si tout ce qu'avait demandé le patron avait été fait. Et c'était cette solidité dans l'organisation, cette suite du commandement qui donnaient à tous les ouvriers de l'usine Malterre le sentiment de la sécurité et cette sorte de foi qu'ont les hommes dans les machines qui n'ont pas de défaillance.

En traversant la cour, Jean-Louis s'arrêta près d'un camion où l'on venait de charger des caisses. Le chef des expéditions signait le bordereau de sortie.

Comme son père l'eût fait, Jean-Louis lut les placards collés sur les caisses cerclées de fer : « Chemin de fer d'Argentine ».

– Pressez-vous, dit-il au convoyeur du camion qui allumait une cigarette avant de se mettre au volant, la douane ferme à 11 heures. Vous avez juste le temps.

Dans le bruit du Diesel, le chef des expéditions lui présenta ses condoléances.

– Merci, dit Jean-Louis.

Et, comme l'homme en blouse grise allait encore parler, il ajouta :

– Pour nous rien ne sera changé ici.

Puis il s'éloigna dans la direction du portail. Le garde, qui l'avait vu venir, lui ouvrit la poterne en ôtant sa casquette et l'usine l'accueillit par ses bruits familiers. Il sentit soudain un étrange tressaillement de tout son être. Comme un fauve rendu à sa jungle, il reconnaissait l'appel de son milieu.

Son père avait pour habitude de se découvrir en pénétrant dans le hall, il retira son chapeau et suivit le fantôme autoritaire qui l'entraînait, entre les rails du Decauville, vers les ateliers.

« Allons, pensa-t-il, mais en fait il s'adressait au fantôme, c'est l'instant de prendre le commandement. »

Le pas sec et assuré, il s'avança dans la symphonie hystérique des machines. Par elles son nom, Malterre, était gravé dans l'acier de millions de pièces éparpillées sur tous les continents, aux flancs des paquebots, des trains, des ponts, des centrales électriques, des chevalements de mines, des charpentes des docks et des flèches des cathédrales. Il retrouva l'orgueil de son père quand il disait : « Je tiens le monde avec mes poutres et mes écrous serrés. Songe que si, demain, j'étais doué du pouvoir magique de les faire tous tomber en même temps, les catastrophes prendraient une allure de fin du monde. »

Jean-Louis, qui savait tout de cette torture de l'acier travaillé, sentait s'élargir sa puissance. Au seuil de ce hall, le fantôme qui l'avait approché venait de s'incorporer à lui. Il était devenu ce qu'il pleurait il y a une heure. Il était son père, et les ouvriers qui levaient les yeux de leur machine pour le voir passer ne constataient nulle différence. Leur sécurité était intacte, leur foi demeurait la même. Le patron passait. La mort n'avait rien changé.

– Il a vraiment la gueule du vieux, dit un fraiseur au magasinier qui lui tendait un outil par son guichet. La mort du père Malterre a dû lui foutre un coup. Mais il est déjà là.

Puis, comme le marin qui s'inquiète du changement de pilote en pleine traversée :

– Est-ce qu'il fera le poids ?

– Il le fera, répondit le vieux magasinier qui avait connu le grand-père Malterre. Regarde-le marcher. Je te dis, moi, qu'il a la classe. À preuve, c'est qu'il est déjà là. C'est pas lui qui laissera tomber.

En traversant le vestiaire des fileteurs, Jean-Louis entendit des voix et des claquements de portes. Il jeta un coup d'œil dans les travées d'armoires métalliques où les hommes serraient leurs vêtements de travail. Il en vit plusieurs enfiler leur bleu sur leur costume des dimanches. C'étaient ceux de la délégation qu'il avait vus au cimetière.

– M..., il est déjà là, lança un chef d'équipe à son voisin, occupé à plier soigneusement sa cravate. Il a fait vite.

– Ça fait rien, dit l'autre. Il aurait pu rester avec sa mère.

– Pour quoi faire ? Les femmes ça pleure et puis c'est tout. Moi quand mon père est mort, en sortant du cimetière, je suis allé boire un pot avec mon frère, là où l'on s'arrêtait tous les samedis avec le vieux. Je le comprends, moi, le Jean d'être venu à l'usine...

Le hall sud vibrait du chant des tours et des fraiseuses. Au ronron des moteurs électriques se mêlaient les cris grinçants que pousse l'acier quand l'outil bien affûté le déchire comme un scalpel dans une chute de copeaux élastiques bleus et brûlants, le grondement essoufflé des étaux-limeurs, le grignotement saccadé des fraiseuses, le couinement des perceuses radiales, le hululement rageur des ponts roulants qui s'élancent comme des trains aériens prisonniers entre deux butoirs, les soupirs exténués des presses reprenant leur souffle, et de temps à autre le contre-ut des meules crachant des queues de comètes.

Et, par-dessus toutes ces sonorités organiques, dans le lointain fumeux du hall est, le coup de cymbale des marteaux-pilons.

Les puissants travaux de l'acier, Louis Malterre les aimait. « La vraie chanson du métal torturé mais triomphant, disait-il souvent, n'est pas celle qu'on entend gronder dans les hauts fourneaux ou siffler dans les cylindres des laminoirs. Elle est là, dans le finale, quand le fer va devenir objet, quand il va naître au monde sous la multitude de ses formes utiles. C'est une nativité subtile que les obscurs accoucheurs des tours ou des fraiseuses ne comprennent pas. C'est notre jouissance à nous. »

Jean-Louis avait traversé le hall sud et tournait à droite pour revenir par le hall est vers les bâtiments de la direction, quand Flandin, un ingénieur, descendit l'escalier de bois de son bureau.

– Le bureau d'études n'a pas encore transmis les modifications des pinces de derricks, Monsieur, je les attends pour continuer la fabrication. Ils m'ont dit que votre père avait demandé les plans et ne les avait pas renvoyés.

– On vous les portera dans dix minutes, dit Jean-Louis.

– On peut attendre demain. Je comprends bien qu'aujourd'hui, c'est pour vous un jour bien douloureux...

– Non pas seulement douloureux, mais terrifiant, Flandin, comme un jour de déluge... ou de création...

Jean-Louis pensa tout de suite que son père aurait désapprouvé ce commentaire d'un drame privé dans l'usine. Sans rien ajouter, il fit quelques pas puis interpella un manœuvre et lui fit remarquer sèchement qu'un levier traînait en dehors des bandes blanches limitant le périmètre de travail d'une mortaiseuse.

L'ouvrier qui conduisait la machine essuya, d'un

revers de main sur les fesses, l'eau du savon qui ruisselait de ses doigts.

– Le vieux l'a bien dressé, dit-il au manœuvre. Ce qui encombrait les pas du père ne devra pas se trouver dans les pieds du fils... Les Malterre, c'est pas des marrants...

Avant de pénétrer dans le bureau de son père, Jean-Louis s'assit dans le sien, qui lui était contigu. Seule une double porte matelassée de cuir noir les séparait. En fait, il se trouvait en permanence avec son père. La vue de cette porte presque toujours close ne changeait rien : l'interphone posé devant le sous-main lui apportait à chaque instant la voix de Louis Malterre.

La petite lampe rouge s'allumait : « Jean, nous dînons avec les freins Streinfucler. Tu dirigeras la conversation, je n'ai pas d'inspiration en allemand », ou bien : « Jean, tâche d'avoir un meilleur délai pour la commande de l'IBM suisse », ou quelquefois : « Jean, je pars tout à l'heure pour l'Est. Il faudra que tu ailles à Paris pour les licences. »

Peu à peu, Louis Malterre avait donné à son fils le sens de toutes les manœuvres que doit connaître un chef d'entreprise moderne. Il y a quelques mois, il lui avait dit un soir : « Maintenant, je peux devenir gâteux. Tu mèneras la boîte. Sur le plan technique, tu en sais plus que moi, qui ne fus qu'un mauvais élève à Centrale. Ton bicorne de polytechnicien est une garantie et je t'ai enlevé un peu de cette naïveté qui ruine les patrimoines. » Et il avait ajouté, avec le rire qui annonçait chez lui une phrase grave : « Si tu ne devais pas passer pour cela par une femme, je te souhaiterais un fils tel que j'en ai un. »

Les bras allongés sur le sous-main de cuir, Jean-Louis fixait l'interphone – le « gueulophone », comme l'appelait son père. Il appuya sur le bouton blanc, la lampe verte s'alluma. Il savait que dans la pièce à côté, dont les volets avaient été fermés il y a trois jours par Maryse, la secrétaire de son père, une petite lampe rouge flamboyait vainement, en face d'un fauteuil vide.

Alors, tout cet énorme chagrin qui lui brûlait la poitrine jaillit comme un vomissement d'enfant. « Papa... papa... » Et dans le bureau obscur, l'interphone nasilla ses sanglots.

La sonnerie de la ligne directe le tira de l'inconscience de son chagrin. C'était sa mère.

– J'ai compris que tu ne voulais pas voir tous ces gens. Tous sont partis, il est deux heures. Tu devrais rentrer te reposer.

– Je serai à la maison dans un quart d'heure, répondit-il en assurant sa voix. Juste un ou deux détails à régler.

Avec la sonnerie du téléphone, la réalité était revenue. Dans le petit lavabo que son père avait fait installer entre leurs deux bureaux, Jean-Louis se mit de l'eau fraîche sur le visage, serra sa cravate et alluma une cigarette. La première depuis la mort de son père. Il revint dans son bureau et sonna Marthe, sa secrétaire.

Elle arriva, avec sa mèche blonde en travers de l'œil, prête à offrir de nouvelles condoléances, mais Jean l'arrêta d'un geste.

– Vous porterez mes dossiers dans le bureau de mon père que vous aérerez. Vous ferez couper ma ligne directe et mon relais d'interphone et vous fermerez ici. Désormais je me tiendrai à côté. Puis vous irez vous mettre à la disposition du chef du personnel, Maryse prendra mon secrétariat. M. Blondin, à la fonderie, n'a pas de secrétaire, vous serez très bien chez lui.

Comme elle allait sortir en remerciant, il la rappela.

– Vous ferez une note pour tous les ingénieurs, chefs de service. Le rapport prévu pour ce matin aura lieu à 17 heures. M. Vérimont le présidera comme d'habitude, prévenez-le.

Puis, définitivement fondu dans son personnage, il ajouta :

– Je déjeune chez moi, prévenez Émile que je descends.

2.

Devenu le patron, Jean-Louis ne voulut rien changer au rythme que son père avait imposé tant à l'usine qu'à la villa des Cèdres. Le personnel de l'entreprise n'avait constaté aucun changement. Ceux qui escomptaient des comparaisons possibles se trouvèrent déçus.

À la villa, les choses avaient été semblables. Sa mère et sa sœur admettaient cette succession du pouvoir sans penser un seul instant à profiter de la mort de Louis Malterre pour solliciter des modifications. Du vivant de son père, les domestiques l'appelaient monsieur Jean-Louis, Monsieur étant réservé au maître. Tout naturellement, du jour au lendemain, ils avaient cessé de dire le prénom. Seule Mathilde, la cuisinière, continuait à l'appeler Jean-Louis, parce qu'elle était depuis vingt-cinq ans dans la maison et qu'il avait eu à répondre, devant elle, des premiers rapts de pots de confiture.

Agnès et sa mère continuaient à vivre nettement séparées de lui. Le premier étage de la villa leur avait été de tout temps réservé. Jean-Louis et son père habitaient le second. Maintenant le jeune homme s'y trouvait seul. Comme son père, après le dîner il s'attardait un moment au salon du rez-de-chaussée pour boire une tasse de café en lisant les journaux. C'était le seul moment, en dehors des repas, où la famille se trouvait réunie. Chez les Malterre, il y avait les hommes et les femmes. Chaque groupe vivait sur un rythme différent.

C'est au café qu'on réglait les questions domestiques, qu'on parlait des visites à faire ou des gens à inviter. Jamais on ne parlait de l'usine. À peine si Camille et sa fille savaient ce qu'on y fabriquait. Comme autrefois son père, Jean-Louis signait les chèques pour les dépenses de la maison et approvisionnait les comptes de sa mère et de sa sœur.

Au lendemain du deuil, il avait pris possession du bureau du maître au rez-de-chaussée, mais il avait conservé sa chambre. Il avait interdit qu'on pénétrât dans celle de Louis Malterre. La femme de chambre avait seulement refait le lit sur lequel avait reposé le mort. Puis le jeune homme avait emporté la clé, remettant à plus tard la visite qu'il devrait y faire.

Cette maison avait été traversée par la mort presque discrètement. Elle avait toujours été silencieuse, la vie qu'on y menait s'accommodait du deuil sans qu'on eût besoin d'y rien changer. Agnès et sa mère sortaient rarement l'après-midi pour respecter le conformisme provincial qui veut que les femmes en noir se montrent peu pendant les six mois qui succèdent à la perte d'un père et d'un mari.

Elles n'avaient pas renouvelé leur abonnement aux spectacles des Célestins, ni à ceux de l'Opéra de Lyon mais Camille avait repris « son jour » deux semaines après la mort de son mari.

Quand elle rouvrit son salon pour recevoir les condoléances de ses amies, celles-ci lui découvrirent des robes nouvelles. La couturière avait travaillé vite. Mme Malterre était équipée pour le deuil comme pour l'hiver à Saint-Moritz.

Blonde et mince, elle se trouvait à quarante-huit ans une jolie veuve. Son maquillage avait toujours été discret, elle n'avait pas eu à l'atténuer. Son air éternellement las d'hypotendue pouvait passer pour une langueur qui seyait à son état. Elle portait moins de bijoux. C'était en somme une atmosphère de deuil irréprochable. Un deuil distingué, sans larmes, sans attendrissement, dans les règles.

En entrant dans cette maison le visiteur pouvait

penser : « Quel courage... quelle grandeur... mais combien elle doit pleurer quand elle est toute seule ! »

Il n'en était rien. Camille n'avait pas pleuré une seule fois depuis l'enterrement de son mari. Elle écrivait beaucoup l'après-midi, sur du papier à cadre noir, des dizaines de lettres comme elle l'avait toujours fait, à des amies qu'elle avait à l'étranger. Sa correspondance était aussi irréprochable que sa tenue. Elle y commentait les saisons, la mode, les livres lus, les visites reçues ou rendues. Ce qu'écrivait Camille ressemblait à une réunion de salon. C'était doucereux comme les bonbons qu'on y suce, fade comme le thé qu'on y boit, sec comme les vieux petits fours qu'on y croque.

Quelquefois, à l'âge de sa philosophie, Jean-Louis s'était posé la question de savoir si sa mère était heureuse. Un soir, alors que son père voyageait à l'étranger, il le lui avait demandé.

« Drôle de question », avait-elle remarqué tout d'abord.

Puis elle avait ajouté : « À ton âge, le bonheur est encore un but, le moment est court où il est un état et, très vite, il devient un souvenir... Mon bonheur à moi, c'est de vous savoir tous sans ennuis et en bonne santé. »

Jean-Louis n'avait pas été satisfait de cette réponse, mais il n'avait pas osé poursuivre une telle discussion. C'est ainsi qu'on n'avait jamais plus mis en cause le bonheur des uns et des autres chez les Malterre. Sous le toit des Cèdres, le bonheur était devenu l'absence de questions.

Agnès qui était belle, pour avoir reçu de sa mère la finesse de corps et de son père le regard bleu-noir, n'avait non plus jamais exprimé son opinion sur la question. À la faculté, elle avait fait son Droit parce que Louis Malterre disait que tout le monde doit avoir un métier, en connaître assez pour se débrouiller seul. « On se voit plusieurs fois dans la vie, disait-il, utilisant à dessein ce jargon local, il faut prévoir les changements de fortune. »

Elle avait eu des flirts : un jeune magistrat l'avait même demandée en mariage. Il avait été éconduit et les quelques garçons qui avaient, un soir ou l'autre, raccompagné Agnès jusqu'à la grille des Cèdres ne pouvaient se vanter d'avoir obtenu plus qu'un baiser distrait.

« Sais-tu ce que m'a dit ta sœur ? avait raconté un jour à Jean-Louis un de ses camarades qui avait eu un petit flirt avec Agnès. Elle m'a dit qu'elle flirte pour faire comme les autres, mais qu'elle ne trouve que peu de charme à cette occupation. » « C'est rassurant », avait répondu Jean-Louis. « Oui, mais elle a ajouté que le jour où elle rencontrera un homme qu'elle aimera – ce qui, affirme-t-elle, ne doit pas être possible avant la trentaine –, elle se donnera corps et âme sans se soucier de savoir si l'homme en sera digne, s'il sera libre ou marié. » Et le garçon avait ajouté une phrase qui avait beaucoup fait rêver Jean-Louis : « Agnès, c'est une Pasionaria qui attend sa passion. » À la mort de son père, Agnès ne l'avait pas encore rencontrée.

Il y avait longtemps qu'elle ne flirtait plus. Elle avait su décourager tous les fiancés possibles, n'acceptant jamais un rendez-vous, ne répondant jamais aux lettres à allure de déclaration, décourageant d'un regard le moindre épanchement affectueux.

Dans les bals, elle n'accordait jamais deux danses de suite au même cavalier et détruisait d'une réflexion sèche, avec un humour ironique, toutes les conversations où l'on menaçait de parler amour. Elle ne lisait pas de romans et pouvait entendre en marquant le même intérêt du Ravel ou du Sidney Bechet.

« Ta sœur ressemble à une panne de courant », avait plaisanté un jour Louis Malterre en s'adressant à son fils.

3.

Les choses allèrent ainsi jusqu'en décembre. Jean-Louis, ayant obtenu une importante commande de la Défense nationale, eut à cette époque à se rendre à Paris. Il descendit dans un hôtel du boulevard Haussmann où son père avait coutume de loger pendant ses séjours dans la capitale. Il faisait un froid sec et la ville encombrée lui avait donné la migraine.

Le soir venu, il s'en fut rôder derrière la Madeleine, vers la rue Tronchet où, dans un bar américain, il avait déjà rencontré quelques entraîneuses. La première fois qu'il avait accompagné Louis Malterre à Paris, il était venu chercher là quelques heures de plaisir. Les ébats étaient coûteux, mais les filles qui opéraient dans ce quartier étaient jolies, certaines même étaient une compagnie acceptable pour une soirée.

Quand son père sortait seul pour un dîner ou une réunion importante, Jean-Louis allait retrouver Arlette ou Marianna. Elles le reconnaissaient toujours d'un voyage à l'autre et le traitaient plus en ami qu'en client.

Marianna surtout lui confiait ses ennuis, les difficultés qu'elle avait avec sa mère, une douce folle qui dilapidait l'argent, et l'ambition qu'elle formulait à chacune de leurs rencontres de gagner assez pour s'acheter un petit bar dans le quartier.

Marianna offrait des baisers et des caresses expertes dans un petit hôtel sans ascenseur et Jean-Louis laissait de quoi acheter un accessoire pour le futur bar, dont il promettait d'être le premier client.

Mais, ce soir-là, il passa sans s'arrêter devant le petit hôtel. Il n'avait pas envie de caresser le corps docile de Marianna, ni de l'entendre rire. Il n'avait envie de rien, ni de dîner dans un cabaret, ni d'aller s'asseoir dans un cinéma ou un théâtre, ni même de rentrer dormir.

Acheter des cigarettes lui parut soudain un acte important. Il se mit à la recherche d'un débit de tabac. Au cours de l'après-midi, il avait dû discuter de tarifs, de modes de fabrication, de délais de livraison avec les ingénieurs militaires qui avaient exigé une décharge signée avant de lui remettre les plans des nouveaux assemblages à boulons destinés aux pontons du génie. Cette formalité, le tampon « secret » porté sur les documents de l'armée, avait toujours fait rire son père. « Ils jouent, disait Louis Malterre, il faut entrer dans le jeu, le port de l'uniforme justifie leur mentalité. »

Au mépris que son père portait aux militaires, Jean-Louis avait dû de ne jamais être soldat. On s'était arrangé avec le député-maire-ministre du département : les sursis d'étudiant étaient devenus, un matin, une réforme définitive.

« La guerre n'a jamais été faite pour nous, disait Louis Malterre, c'est vulgaire et brutal... Ça ne sert à rien, ça ne prouve rien et le courage physique est à la bête plus qu'à l'homme. La seule jouissance de la guerre doit résider dans le gigantesque jeu de dames des états-majors risquant, sur les mêmes cartes, les mêmes morts en pions coloriés. »

Quand son père tenait ces propos devant des tiers, Jean-Louis sentait la crispation de l'auditoire. Il était convaincu cependant que lui seul avait raison. Il avait rompu avec tous ses condisciples de Polytechnique qui avaient choisi des carrières militaires. Peu à peu, d'ailleurs, il en était venu à ne plus rencontrer personne, à ne plus avoir que des relations d'affaires.

En sortant du débit de tabac où il avait vu des hommes accoudés au zinc discuter avec animation de choses ou d'autres, il fit cette constatation que, seul, son père lui avait paru une compagnie souhaitable, pendant des années. Maintenant, il se réjouissait de lui avoir consacré toute sa curiosité, tout son intérêt et cet isolement où il se trouvait était rendu moins douloureux.

Pendant des années, il n'avait rien désiré d'autre que d'être avec son père. Il avait appris tous ses gestes, retenu ses phrases, envié son orgueilleuse assurance, constaté l'efficacité de ses méthodes en affaires, accepté sans pouvoir se résoudre à le pratiquer son mépris pour tout ce qui n'était pas son usine, sa personne, ses goûts. L'égoïsme parachevé de Louis Malterre avait fini par se colorer, à ses yeux de fils, de sagesse. Il eût aimé que son père fût un prophète paradoxal de l'égotisme, qui aurait enseigné un snobisme de qualité supérieure.

C'était la première fois, depuis que Louis Malterre n'était plus, que Jean-Louis parvenait à penser à lui avec autant de clarté. Jusque-là, son père avait été simplement absent, maintenant il était mort. On ne dresse pas le bilan d'un absent, mais on peut le faire d'un mort.

En marchant autour de l'église de la Madeleine, il faisait la synthèse des souvenirs innombrables qui maintenaient vivante la pensée de son père.

Jamais, par exemple, le défunt n'aurait accepté de déambuler ainsi une heure sans autre but que remuer des pensées. Il ne concevait d'activités qu'utiles. Hors du travail, hors des affaires, il lisait enfermé dans sa chambre ou étudiait, dans des ouvrages techniques étrangers, des méthodes ou des procédés se rattachant à ses propres fabrications.

On pouvait compter les soirées passées dans le monde ou au théâtre. Louis Malterre vivait pour lui-même. Quand il flânait, c'était dans la serre aux orchidées. Il restait de longues heures à les scruter, comme s'il eût voulu saisir leur imperceptible naissance. Parfois, à travers une loupe, il s'offrait la caricature d'un pistil, de la convection d'une tige fière comme un étirement de cristal, d'un pétale. Ses fleurs seules l'intéressaient. Toutes les autres lui étaient indifférentes : il ne connaissait rien à la botanique et n'y voulait rien connaître. Il avait ainsi des dégoûts formels et des adorations intransigeantes.

Certaines choses le hérissaient, l'amenaient au bord de la violence. La musique de Ravel et de Debussy, par exemple, une tache sur une moquette. Les parfums chimiques lui donnaient la nausée. Dans la voiture, il ne supportait pas un bruit, pas un grincement, pas une vibration. Émile, le chauffeur, qui n'avait jamais eu le droit d'user de l'avertisseur, passait des matinées à scruter les suspensions de la Rolls, à les graisser, à vérifier le serrage des écrous dont le moindre jeu eût été perçu par l'oreille du maître.

« Dans son genre, notre père est un monstre », lui avait dit un jour Agnès.

Jean-Louis, deux mois après sa mort, demeurait encore dans l'étonnement où il avait vécu près de lui. Devant son père, il avait été comme le spectateur devant le trapéziste déifié par le danger de son numéro de voltige. À chaque instant l'attitude de Louis Malterre était celle de l'acrobate accomplissant une figure unique. On redoutait de le voir rater son effet et se briser les reins. Mais toujours il réussissait avec une aisance surhumaine. Chaque moment de sa vie paraissait une création dont tout autre être eût été incapable.

Du vivant de son père, Jean-Louis ne se serait jamais posé la question de savoir s'il l'aimait ou le craignait. Il l'aimait.

En marchant, le jeune homme s'était retrouvé devant une station de taxis. Il se fit reconduire à son hôtel. La foule sortait des cinémas. Des voitures démarraient au long des trottoirs, tous ces gens allaient en bavardant vers des soupers ou des nuits bourgeoises.

Jean-Louis eut soudain les larmes aux yeux : le spectacle de cette futilité l'atteignait, mais ses larmes étaient d'orgueil.

Il était le fils de l'homme qui n'avait pas été ça.

4.

Il pleuvait depuis le matin. C'était dimanche. Les averses avaient laqué du même vernis transparent le gravier des allées, les feuilles des arbres, le gazon des pelouses et les arceaux de fer qui les bordaient, les balustres. Les marches du perron paraissaient animées de frissons par le crépitement des gouttes.

Jean-Louis, debout derrière la fenêtre du salon du rez-de-chaussée, avait vu partir Agnès et sa mère pour des visites à Lyon et, un peu plus tard, Émile et sa femme dans la fourgonnette de l'usine dont ils avaient la disposition pour leurs déplacements dominicaux. Il était maintenant seul aux Cèdres.

Il y avait presque deux mois que son père était mort, dans cette chambre du premier étage où personne n'avait dormi depuis. Souvent ainsi, du vivant de Louis Malterre, le jeune homme s'était trouvé seul le dimanche au salon. La maison était alors aussi silencieuse qu'en cet instant, car son père, enfermé dans sa chambre, lisait ou écrivait des lettres.

Jean-Louis se plut à imaginer que rien n'était changé, que tout à l'heure, vers huit heures, le pas sec de Louis Malterre allait, dans un crescendo assourdi par la moquette, faire craquer le bois de l'escalier. Il se retourna vers le salon. Les bergères et le canapé recouverts de soie rouge à motifs d'argent étaient à leur place, la table basse où l'on avait posé le plateau du café paraissait dans l'ordre naturel des choses, toutes semblables à des génies domestiques, obstinés dans leur fidélité. Comme d'habitude, le porte-revues dégorgeait ses journaux mal repliés.

Au mur, le paysage breton d'Hervé, dont on savait qu'il pencherait toujours à droite sur sa cimaise, demeurait entre une sanguine de Majorel et un émail de Sarlendie, dans son incorrigible position, comme ces militaires qui, par fantaisie ou négligence, méconnaissent les principes de l'alignement et déparent la dignité d'une revue.

Depuis sa jeunesse, depuis que, pensionnaire des Pères jésuites, il retrouvait chaque week-end le salon familial, Jean-Louis lui connaissait cette topographie un peu conventionnelle. Nulle évasion due à un changement du mobilier, nul bouleversement qui aurait pu naître d'un déménagement ou d'un héritage n'avait modifié ce paysage intérieur. Il offrait un cadre immuable aux habitudes de la famille.

Jean-Louis s'assit sur le canapé. Sur une console de bois dédoré par les chiffons de Mathilde, la pendule Louis XV agitait au même rythme son balancier arthritique. La grisaille de novembre pénétrait jusque dans la pièce et y déversait cette pâleur fumeuse et mélancolique des dimanches d'automne. Pour se débarrasser des menaces de fantômes trop faciles à créer, Jean-Louis décida soudain de fouiller la chambre de son père.

Comme s'il craignait de détruire cette atmosphère reconstituée par son imagination et par la fidélité des objets, il gravit avec précaution l'escalier. C'est alors seulement qu'il s'aperçut qu'une chose manquait au décor du vivant de son père, quelque chose qui démontrait la réalité de la présence, le parfum de miel chaud du tabac blond que Louis Malterre fumait.

C'est en prenant soin de ne pas faire grincer la clé dans la serrure, avec les gestes lents et attentifs d'un voleur, qu'il ouvrit la porte, close sur son ordre, depuis plus de deux mois.

Les persiennes fermées, les rideaux de velours tirés maintenaient dans cette pièce une obscurité totale. Jean-Louis ne voulut pas allumer l'électricité qui eût répandu brutalement une clarté trop vive sur ce décor qu'il ne connaissait pas, vide de son personnage.

Avec assurance, il marcha vers la fenêtre. Le bruit des anneaux glissant sur les tringles lui donna un frisson tandis que, par les fentes des vantaux de bois, une vague lumière s'introduisait dans la pièce, diluant l'obscurité en une pénombre inquiétante. Il ne put s'empêcher de regarder du côté du lit, puis vers le bureau comme s'il allait découvrir soudain la présence de son père, vivant en reclus fantomatique. Une pointe de frayeur incontrôlable précéda la bouffée de chagrin qui lui vint du silence et du vide. Il ouvrit la fenêtre. Quelques gouttes de pluie glacée l'atteignirent au visage avant qu'il ne l'eût refermée.

Quand il fit face à l'intérieur de la chambre, il avait retrouvé tout son sang-froid. Le lit bien plat sous le châle-tapis qui le recouvrait avait l'aspect des choses désormais inutiles. Il se dirigea vers le bureau et s'assit dans le fauteuil de cuir. Dans le cendrier de cristal une cigarette à demi consumée avait été oubliée. Cette cigarette avait été celle du dernier matin de Louis Malterre, celle qu'il avait fumée après le petit déjeuner.

« La seule expérience que j'aie jamais eue de la volupté, disait-il, c'est la première cigarette quotidienne avant la toilette. » Ce mégot, oublié par Mathilde, qui venait, dès le départ du maître, faire le ménage, était donc le reste de cette ultime volupté.

L'odeur du tabac blond y restait confinée. Jean-Louis huma l'air. C'était une des composantes de l'odeur de son père. Mais l'odeur du vivant avait quelque chose de tiède. L'air qu'il respirait maintenant avait une fadeur glacée.

Jean-Louis se souvint d'un jour où, étant enfant, il avait fait une chute dans le parc. Ce jour-là, son père avait tiré son mouchoir de sa poche et le lui avait tendu. La toile légère était tiède pour avoir été longtemps au contact de l'homme. Une vague odeur de lavande y restait attachée, aussi le parfum du tabac ; mais le tout noyé et uni dans l'effluve particulier que le corps de son père lui avait conféré. C'est cette odeur de son père qui l'avait consolé ce jour-là, comme s'il lui communiquait à travers la batiste un peu de sa force et de sa vie. Il s'était essuyé les yeux longuement et avait rendu le mouchoir, avec regret. Depuis ce jour-là, toutes les fois où il avait embrassé son père, il avait retrouvé cette même odeur.

Maintenant, en fermant les yeux, appuyé au dossier du fauteuil, il tentait de faire appel à sa mémoire olfactive. Mais les odeurs avaient été celles de l'être vivant. Il n'en restait rien qu'un goût de fumée refroidie.

Le bureau rustique n'avait que deux tiroirs. Jean-Louis les ouvrit. Le premier contenait du papier à lettres chiffré, des cartes de visite, un coupe-cigares, deux vieux stylos et des papiers sans importance. Le second renfermait un dossier plein de factures acquittées. Machinalement, le jeune homme se mit à les feuilleter. Il reconnut au passage celles des voitures et des réparations de la villa, les accusés de réception des impôts, tout ce qui se rapportait aux dépenses domestiques.

C'est à la fin du dossier qu'une facture à en-tête fioriturée retint son attention : « Benedetti, *scultore – per la costruzione e la messa in opera di monumento funebre sulla tomba della signorina Batesti, nel cimitero di Siena*[1] », lut-il avec étonnement. La date, octobre 1926, l'étonna encore davantage. Comment son père, ennemi de toute paperasse inutile, pouvait-il garder une facture acquittée, vieille de trente ans ?

Jean-Louis ferma le dossier, le mit dans le tiroir et se dirigea vers l'armoire ancienne qui servait à son père de garde-robe.

Celle-ci aussitôt ouverte libéra l'odeur familière

1. « Benedetti, sculpteur – pour la construction et la mise en place d'un monument funéraire sur la tombe de Mlle Batesti, dans le cimetière de Sienne. »

des costumes et la vue des vestons sur leur cintre le troubla à l'extrême. Le dos de son père multiplié lui apparut, facilement imaginable sous les tissus qu'il connaissait bien. Il y en avait une douzaine et un smoking, qui n'avait servi qu'une ou deux fois. Tous ces vêtements avaient encore la forme de la vie.

Il les sortit un à un de l'armoire et les examina. Maintenant, il pouvait donner la lumière, car la crainte des fantômes paraissait conjurée et l'orage qui redoublait obscurcissait davantage la pièce. Le costume préféré de son père était un croisé gris, assez sombre, qu'il possédait en deux exemplaires, tant il l'aimait. Il n'en restait qu'un ici, car il avait été enseveli avec l'autre.

Jean-Louis palpa le tissu – un lainage léger – puis, quittant son veston, enfila celui qui avait appartenu à son père. En accomplissant ce geste, qui venait soudainement de lui être suggéré par le balancement des manches vides quand il avait décroché le vêtement de l'armoire, il eut le sentiment indéfinissable de commettre un vol. C'était un peu comme s'il s'était travesti pour se donner l'air d'être son père, il jouait une sorte de jeu de carnaval indécent, mais quand la glace qui se trouvait au-dessus de la vieille commode où le linge était rangé lui renvoya son image, tout se trouva dissipé. Le veston lui allait assez mal et il ne ressemblait pas au mort.

En enfilant ce veston, il avait espéré inconsciemment s'emparer du même coup de la personnalité de celui pour lequel il avait été coupé. Au lieu de cela, il découvrit soudain son vide, son manque d'existence propre ; il imagina quel aurait été le sourire ironique de son père s'il avait pu l'apercevoir ainsi, se cherchant désespérément dans une indigne mascarade. Mais tout cela était encore trop flou dans l'esprit du jeune homme qui se sentit plus à l'aise quand il eut remis les costumes dans l'armoire. « Je ne pourrai pas les utiliser », se dit-il, justifiant ainsi son geste, le tailleur aurait trop de travail et les costumes ne sont plus neufs. Il referma l'armoire dont le grincement familier lui rappela les matins, quand son père s'habillait. Ce grincement signifiait alors que le maître était prêt à descendre.

Sur l'angle du bureau, se trouvait un paquet de Players, les cigarettes de son père. Il en alluma une, s'assit dans le fauteuil et pressa la poire qui fit jaillir la lumière de l'abat-jour. Ici, soir après soir, son père avait lu avant de s'endormir.

Un livre restait sur la tablette du lampadaire. Il le prit et l'ouvrit au signet. C'était la vie de Samuel Johnson par Boswell. Il lut machinalement en haut de la page : « Je lui mentionnai notre ami commun Foote, en lui disant qu'il n'était pas un bon mime à notre avis. » « Non, dit Johnson. Ses imitations ne sont pas bonnes. Lorsqu'il mime il n'est plus lui-même, mais il n'est pas non plus celui qu'il veut imiter. Il "sort" de lui-même, sans "entrer" dans l'autre. »

Jean-Louis referma le livre et se prit à penser que lui aussi n'était qu'un mauvais mime, comme ce Foote, qui avait dû vivre en Angleterre en 1770.

Pour la première fois, dans cette chambre où son père avait laissé tous les objets qui le servirent pendant sa vie, Jean-Louis se mit à s'interroger sur lui-même. Qui était-il réellement, lui, Jean-Louis Malterre, le fils du mort ?

Il n'était rien d'autre que le fils d'un mort. Aussi loin que ses souvenirs pouvaient le porter, il n'avait voulu être qu'un reflet de son père. Gamin, devant la glace de sa chambre, il s'était appliqué à sourire du coin des lèvres, comme son père. Il se coiffait comme lui, pliait sa pochette au carré, comme il le lui avait vu faire et s'efforçait au silence grave. Plus âgé, il avait poussé plus loin le mimétisme. Il choisissait la même coupe pour ses costumes, voulait lire les mêmes livres, tenait son stylo de la même façon et, si une vague pudeur en lui ne l'eût pas retenu, il aurait voulu porter le même linge.

Mais cela était pour l'extérieur. À l'intérieur de lui-même quelle imitation découvrait-il ? Le même souci de l'usine, les mêmes méthodes de travail, le même processus de pensées. Sur ce dernier point, il n'était plus maintenant certain d'avoir imité juste.

Il constatait soudain que pour avoir voulu calquer sa personnalité sur celle de son père, qui depuis sa mort lui échappait comme s'échappe l'arôme d'un vin quand le flacon reste débouché, il n'avait protégé qu'un vide, qui maintenant se révélait. Jamais il ne s'était interrogé sérieusement sur ce qu'il aurait pu aimer, en art ou en littérature. Il n'aimait que ce qu'aimait son père, parce que son indolence intellectuelle s'accommodait facilement d'une direction. Son père ne lisait que peu de romans, mais plutôt des biographies, des mémoires, des témoignages historiques. Il faisait une exception pour Morgan, Proust, Huxley. Jean-Louis n'avait jamais relu Stendhal ni Flaubert depuis la fin de ses humanités.

Louis Malterre admirait les primitifs et les Flamands, détestait les écoles de peinture qui leur avaient succédé. Jean-Louis n'avait jamais mis les pieds dans un musée : mais il était entré dans toutes les cathédrales des villes où il s'était rendu parce que son père possédait des ouvrages illustrés sur celles-ci.

Il ne s'était jamais interrogé sur les goûts qu'il aurait pu avoir et, maintenant qu'il était un homme, il se demandait quels ils auraient pu être si, au lieu d'admettre ceux de son père, il s'était laissé aller à des penchants personnels. Mais avait-il jamais eu des penchants ? Avait-il jamais réellement désiré ou découvert quelque chose ?

Alors qu'il se refusait à souscrire aux snobismes de ses camarades par crainte de se trouver inclus dans une quelconque attirance collective, il s'était étroitement, fidèlement engagé dans les goûts de son père, parce qu'il lui apparaissait comme le seul modèle digne et qu'il ne comprenait pas qu'on puisse être le disciple d'un autre que lui.

Ainsi tout s'était trouvé parfaitement équilibré. Il était comme un être que son père avait conditionné sans le vouloir, sûrement sans le vouloir. Maintenant que Jean-Louis se retrouvait seul, son vide l'effrayait, car il sentait confusément qu'il avait avec un patient acharnement anéanti en lui ce qui aurait pu en faire un être différent, sans pour autant rétablir en profondeur la personnalité enviée.

En ce dimanche de solitude, assis dans le fauteuil de cuir, sous la lampe, dans la chambre de son père, il avait pour la première fois le courage de se reconnaître sans attaches réelles avec la vie. Heureusement, il y avait l'usine, la routine, mais là encore, il ne faisait qu'imiter Louis Malterre, et là au moins, il l'imitait bien, puisque tout le monde se plaisait à dire que personne n'avait mieux justifié le banal « Tel père, tel fils... »

Confusément, il comprenait que c'était une tromperie pour tous, mais surtout pour lui. Car ce qu'il aurait voulu, Jean-Louis, c'était devenir son père. Il avait souhaité que, lisant la même phrase, entendant la même musique, ses pensées, ses réactions fussent les mêmes que celles de son père. Or, la minutieuse observation, le patient enseignement n'apportaient comme résultats qu'un mauvais reflet.

Il était sorti de lui sans entrer dans l'autre. Par sa faute, il se trouvait égaré entre deux êtres, le sien et celui de son père. Penser à cela, avec amertume, lui donnait un vertige de satellite, mais l'astre autour duquel il avait tournoyé s'était éteint et maintenant il était en errance, soutenu seulement par des habitudes de vie, considérant la possibilité de la chute, le jour où le temps aurait usé les souvenirs.

C'est pour cela que plus se diluait Louis Malterre, plus Jean-Louis s'agrippait aux souvenirs, y puisant à chaque instant son remède, mais l'accoutumance aidant, il sentait avec angoisse qu'un moment viendrait où il lui faudrait se découvrir. Et cet inconnu qu'il était pour lui-même l'effrayait.

Quand il se leva pour fermer la porte de l'armoire aux costumes, il était bien décidé à ce que la rencontre entre lui-même et son personnage intervienne le plus tard possible. Et, pour se donner un autre adjuvant, il posa son stylo sur le bureau et prit celui de son père comme une nouvelle relique qui aurait la puissance de maintenir encore un moment en échec l'inquiétude du néant intérieur. Comme il rangeait son propre stylo au fond du tiroir, il vit sous le dossier aux factures une feuille quadrillée pliée en deux. Il l'ouvrit machinalement, reconnut l'écriture du disparu.

C'était un poème. Affolé, comme un amant qui vient de découvrir la lettre d'un rival dans le sous-main de sa maîtresse, il lut :

Inés d'éternité docilement gisante
Attentive espérance du suprême réveil
Au sang du seul diadème
Pour le royal amour
S'est fondue la ferveur de l'étreinte
Accablante
La raison des poignards
Et ta mortelle cour
Et le sceptre
Soudé à ta main de sommeil.
Majesté enfouie au creux des pierres douces
Les anges serviteurs
Patients thuriféraires
Que le silence émousse
Guettent en Alcobaça ton regard vertical

Et l'instant triomphant et brutal
Où viendra ton royaume
Sur des mondes noyés.
Et Lui,
Te faisant face
En sa chair fidèle
Scrutateur impatient du signe absolutoire
Prouvera
La foi du regard échangé
Mêlera
Le destin cruel des parallèles
Et vous serez rendus à l'axe péremptoire
L'un par l'autre reflet d'amour inébranlé.

5.

Depuis Caldas da Rainha, la route suivait les ondulations des collines. Le vent tiède de l'intérieur flétrissait les mimosas et provoquait des pluies intermittentes et jaunes. L'odeur des fleurs arrachées pénétrait dans la voiture sur une poussière de pollen. Jean-Louis se souvenait que son père détestait la corbeille pleine de branches surchargées de boules cotonneuses et entêtantes, qu'un ancien directeur de l'usine, installé à Nice, ne manquait jamais d'envoyer au milieu de février. « La nature joue quelquefois à l'artisan de mauvais goût, disait Louis Malterre. Portez ces fleurs au concierge. »

Agnès, qui aimait toutes les fleurs, n'osait rien dire ; elle prélevait deux branches pour sa chambre et envoyait le reste à la femme d'Émile. Celle-ci ne manquait pas de remercier. Pour elle, le mimosa était comme le caviar, une de ces inaccessibles splendeurs réservées aux milliardaires de la Côte d'Azur.

Laissant à gauche la route qui conduisait à la mer et au port de Nazaré, la voiture attaqua le plateau qu'il fallait traverser avant de descendre sur Alcobaça.

Le chauffeur arrêta la voiture devant un restaurant.

– C'est le meilleur, dit-il.

– Allez déjeuner, dit Jean-Louis, je n'ai pas faim, je viendrai plus tard.

Jean-Louis traversa la place et se dirigea vers l'église. Santa Maria offrait dans le soleil une façade, plantée comme un fronton de pierre qui aurait pris, sous la caresse de flammes bienveillantes, les reflets du corail jauni, de la meulière saumonée, du granit moussu de mauve.

Il était une heure de l'après-midi. Le parfum lourd des mimosas fanés avait donné à Jean-Louis un mal de tête naissant. La pénombre fraîche de l'église lui apporta un brusque soulagement. Touchant au but inavoué de ce voyage au Portugal, il s'arrêta dès les premiers pas, heureux de constater que l'immense nef paraissait déserte et silencieuse.

Obscurément, il attendait de cette visite une révélation. Son père était venu là. Une mystérieuse poésie l'avait séduit sous ces voûtes. Le sortilège lui serait-il donné à son tour, de la connaître ?

Jean-Louis ne voulait pas aller au-devant. Depuis la découverte du poème, il s'était posé sans cesse des questions, grisé de romans imaginaires, mais il sentait bien que tout ce qu'il pouvait concevoir ne devait être que vulgaire et banal, comparé à la vérité.

Il avançait dans l'église en visiteur indifférent, mais scrutait comme un enquêteur, attendant que le signe auquel son père avait été sensible lui apparaisse. Il savait que les tombeaux d'Inés de Castro et de Dom Pedro se faisaient face dans les croisillons du transept, dans les chapelles les plus légères et les plus riches, mais il s'efforçait de maîtriser sa hâte de les voir. Il frissonnait, envahi d'une sorte d'inquiétude, un tiraillement agitait sa nuque. Il aurait été incapable de prononcer une parole, tant il était soumis à une sorte d'attente mystique.

La lumière tombant des formerets, qui se plantait en rayons obliques mauves et roses dans les dalles patinées, semblait faire de ce lieu un purificatoire.

Soudain Jean-Louis interrompit sa marche. *La Sala dos Tumelos* lui apparut avec les mausolées d'Inés et de Pedro.

Inés d'éternité docilement gisante
Attentive espérance au suprême réveil...

Les vers revenaient à la mémoire de Jean-Louis tandis qu'il s'approchait des tombeaux, près desquels une extase avait été donnée à l'homme qu'il avait cru le moins susceptible d'en accepter.

Mélange sculptural de passion exubérante, de fine sensibilité, les deux mausolées, témoignages de la foi et de l'amour, avaient des teintes d'ivoire. Taillés dans la pierre d'un grain très fin, ils prenaient, sous la lumière passée au filtre doux des vitres de couleur, un aspect d'attente.

Jean-Louis s'approcha de celui d'Inés. Il imaginait facilement Dom Pedro après le triomphal et macabre voyage de Coimbra à Alcobaça, assistant au travail du sculpteur, exigeant que cette morte bien-aimée connaisse une suprême renaissance dans la pierre.

Le moment espéré était maintenant venu pour lui de découvrir le symbole qui avait conduit son père à s'oublier assez pour ressusciter l'émotion révélée par la pierre.

Il lui vint soudain l'envie de toucher cette pierre lisse, de joindre à la vision une sensation plus matérielle. À l'usine, il aurait passé ses doigts sur la pièce d'acier poli sortant d'une rectifieuse. Le contact lui laissait une impression durable. Il y avait une sorte de connivence entre la peau de l'index allant en reconnaissance et le cerveau.

Il étendait la main quand quelqu'un lui toucha le bras. Il sursauta comme un dormeur qu'on éveille, et la seconde qu'il mit à tourner la tête le fit passer de la surprise à la colère.

La jeune femme, qui venait le distraire de sa contemplation, dut comprendre qu'elle tirait de sa rêverie un touriste pas ordinaire.

Elle s'excusa en anglais, avec un étrange accent. Dans sa voix haut timbrée il y avait comme un bruit de clochette qui acheva de rompre le charme.

– Que voulez-vous ? demanda Jean-Louis en français.

– Je vous demande pardon, répondit-elle dans la même langue, en désignant le Leica à l'objectif compliqué qu'elle brandissait comme une arme. Il y a trois jours que j'attends cette heure et cette lumière pour faire quelques photos.

Sans répondre Jean-Louis recula de deux pas.

– Un peu plus s'il vous plaît, exigea-t-elle, avec un sourire de politesse. Votre silhouette entre dans le jeu des ombres.

Jean-Louis baissa les yeux sur les dalles sèches. Dans la tache ogivale que faisaient des rayons décomposés descendant d'un formeret, une tache grise s'allongeait. Il s'en fut, à pas vifs, vers le tombeau de Pedro Ier, sans un mot.

Il s'absorba dans le déchiffrage d'une inscription à demi effacée...

« *Ate... a fin do mundo* », crut-il lire. C'était l'adieu d'amour du roi à son amante assassinée. Tandis qu'il marchait autour du mausolée, incapable de retrouver la fervente recherche interrompue, miss Margaret Greenworth prenait cliché sur cliché.

Le déclic du Leica claquait sous la nef. Grande, un peu sèche, la jeune femme avait déposé à l'angle du transept un sac plein d'appareils et les poches de sa veste de daim débordaient d'accessoires.

Absorbée par la mise au point, tour à tour penchée, ou tendue de toute sa taille, elle ne se préoccupait nullement de la présence de l'homme qu'elle avait dérangé.

Jean-Louis l'observa. Elle livrait un combat contre la lumière. L'instant idéal du déclic devenait une conjonction de sa vision et d'un rayon de soleil frappant sous un angle déterminé un certain relief. Jean-Louis se sentit devenir indulgent pour cette femme.

Déjà la lassitude l'avait envahi. Il était venu à Alcobaça avec la foi en une révélation désirée. L'exaltation tombée, il se retrouvait désorienté comme un touriste déçu. Le poème ne traduisait-il qu'une admiration pour le génial sculpteur inconnu prêtant son ciseau à la passion d'un roi désespéré, façonnant une légende enivrante, fixant aux yeux du monde le réflexe de l'amour idéal ?

Avant de s'éloigner, tandis que la jeune femme rechargeait son appareil d'un nouveau film, il revint dans l'axe du chœur pour revoir les deux tombeaux. Pieds contre pieds, Inés et Pedro dormaient comme deux amants apaisés, après l'amour, guettant le ciel où apparaîtrait le signe de leur triomphe. La légende lui revint fidèlement dans les vers du poème :

Et vous serez rendus à l'axe péremptoire,
L'un par l'autre reflet d'amour inébranlé.

Il comprit alors le sens de l'inscription. Ce n'était pas le serment des vivants donnant leurs limites, mais celui du patient repos accepté avec la mort : jusqu'à la fin du monde. L'attente de la naissance définitive, qui viendrait de l'effacement de tous les passés par l'amour sublimé.

Lentement, Jean-Louis quitta l'église et se dirigea vers le restaurant. Maintenant se formait l'équation où manquaient encore bien des termes. Elle s'inscrivait en lui comme celle de son enfance au tableau noir.

L'inconnu restait ce père insoupçonné qui ne lui avait qu'incomplètement donné la vie.

Le lendemain, dans le hall de l'hôtel, Jean-Louis aperçut la femme au Leica qui avait interrompu sa méditation devant les tombeaux d'Alcobaça. Elle discutait avec animation, en portugais, avec deux petits hommes bruns, très élégants, auprès desquels, en jupe verte, elle avait l'air d'une plante géante. Encore, remarqua Jean-Louis, que des chaussures de sport sans talons et sa coiffure masculine la maintiennent à la limite de la normale. Quand il passa près du groupe, elle dut le reconnaître et esquissa un sourire. Un moment plus tard, comme il choisissait des journaux français au kiosque du hall, elle le rejoignit.

– Vous m'en voulez beaucoup pour hier, à Alcobaça ? dit-elle, avec un accent qui semblait n'appartenir à aucune langue précise.

Comme Jean-Louis, étonné, se demandait ce qu'il convenait de répondre, elle poursuivit :

– J'ai tout de suite compris que je vous dérangeais dans une observation importante et je suis toute prête à m'excuser.

Il y avait quelque chose de masculin dans ce langage et dans cette attitude.

– Vous n'avez pas à vous excuser. J'étais tout près de me considérer comme le seul visiteur des tombeaux et si j'ai marqué de la surprise, quand vous êtes apparue, ce n'était que de la surprise. Croyez-moi, je n'avais rien d'important à faire là.

Jean-Louis avait une voix nette, un peu sèche.

La jeune femme cessa de sourire et parut embarrassée. D'un seul coup, elle devint très féminine. Si elle n'avait pas bu deux *whiskies* avec les Portugais, elle n'aurait pas eu l'audace d'aborder Jean-Louis. La vie indépendante qu'elle menait, ce métier de photographe l'avaient habituée à des réactions d'homme. C'était une bonne chose après tout, à la fois comme attitude d'attaque et de défense. Mais, devant Jean-Louis, elle constatait qu'elle jouait faux. Il venait de lui signifier que ses craintes, sincères ou non, étaient injustifiées, qu'elle n'avait affaire qu'à un simple touriste qui risquait de juger ses excuses déplacées.

Mais déjà il devenait plus courtois.

– Je paie mes journaux, excusez-moi une seconde.

Quand il se retourna vers elle, il souriait.

– Je m'appelle Jean-Louis Malterre et je suis heureux d'entendre parler français.

« Il va me faire la cour », pensa-t-elle, et elle reprit son attitude masculine.

– Je m'appelle Margaret Greenworth, vous savez déjà que je suis photographe.

– Tenez-moi compagnie pour l'apéritif, demanda Jean-Louis ; j'aimerais savoir si je ne suis pas devenu muet, car je n'entends parler que portugais et mon ignorance m'a condamné au silence depuis trois jours.

Margaret, cette fois, commanda un jus de fruit.

– Ainsi, dit Jean-Louis, vous mettez une telle application à faire des photographies.

Il y avait un semblant d'ironie dans ce propos, car, chez les Malterre, personne n'avait jamais eu en main un appareil photographique.

Margaret Greenworth utilisait ses Leica à des travaux d'art. Elle s'expliqua longuement là-dessus. Pour elle, la photo était un moyen d'expression. Elle faisait des albums pour une maison d'édition américaine.

– Si j'ai troublé votre visite, hier, c'était vraiment parce que j'y étais forcée par la lumière. Depuis quatre jours, j'attendais un certain éclairage du visage mutilé d'Inés de Castro et le jour où vous êtes venu, je me tenais en embuscade depuis neuf heures du matin...

– Ainsi, vous m'aviez vu entrer dans l'église ? demanda Jean-Louis.

– Oui, et j'avais remarqué votre attitude. Celle d'un homme absorbé.

Un instant, Jean-Louis eut envie de confier à cette étrangère l'incohérence de ses pensées et le doute qui l'avait assailli devant les tombeaux dans l'église d'Alcobaça, quant à la sorte de révélation mystique qu'un profane pouvait en attendre.

Comme si elle avait deviné ses pensées, elle se mit à parler de la reine morte.

– Je crois, dit-elle, qu'il n'est pas au monde de plus merveilleux symboles de l'amour définitif, de la ténacité du cœur humain, de la foi dans l'éternité du sentiment le plus indispensable aux êtres, que ces tombeaux d'Alcobaça. Où commence la légende merveilleuse, où finit la vérité historique...

» Pour ma part, je crois que les poètes ont toujours raison et que la réalité leur appartient plus qu'aux historiens qui se préoccupent des seuls faits sans ressentir la subtilité des intentions. Peut-on tout savoir de l'amour qui unit un homme et une femme si on ne l'imagine pas ? Les dates, les descriptions des lieux et des costumes, les portraits, les relations des témoins les plus impartiaux, en admettant que ceux-ci existent, n'apportent rien. Sans les poètes, les faits d'armes ne seraient que des assassinats révoltants, les enlèvements des adultères ou des viols, les suicides des lâchetés, les sacrifices des ignorances ou des naïvetés condamnables.

» Ce sont les poètes qui rendent aux événements décousus, filtrés, analysés par les historiens, la chaleur, l'odeur, la saveur de la vie. Les légendes sont vraies, elles sont plus proches de ce qui a été vécu que les communications bourgeoises de références. Elles font que le mal n'est pas toujours le mal, et même, quelquefois, le bien.

» Il faut de l'imagination qui ne soit pas subversive pour établir des vérités vieilles de quelques siècles et j'aurais aimé être là pour photographier le macabre et royal cortège qui conduisit un cadavre fait reine, de Coimbra à Alcobaça, un matin d'été sous les mimosas, sous le soleil entre deux haies de paysans nu-pieds et nu-tête, horrifiés et respectueux, brandissant des cierges obligatoires et regardant leur roi, dévoré d'amour, conduire vers son trône immuable sa maîtresse assassinée, dans ses chairs corrompues par un an de tombe, et rendue comme un Lazare à la lumière. Les embaumeurs avaient dû être royalement payés ou fouettés jusqu'au sang, la crainte ou la cupidité leur avait-elle permis de refaire une beauté à Inés ?... À toutes ces questions de civilisés sensibles, de blasés, de citoyens protégés par la justice et la loi, seuls aujourd'hui les poètes répondraient.

Jean-Louis, étonné par tant de loquacité soudaine, ne voulut pas l'interrompre.

» Inés était belle, elle sera belle éternellement. Non, le carrosse n'était pas un corbillard, mais un attelage pour amoureux ; non, les lourds rideaux de brocart, s'entrouvrant aux pas des chevaux, n'exhalaient pas une odeur de pourriture, mais un parfum d'encens. Inés n'était pas un corps à demi rongé par les vers, mais une chair triomphante, désirable, une princesse potelée et rieuse, une morte plus vivante que tous les vivants...

Jean-Louis écoutait ce discours passionné de l'inconnue. Il entrevoyait une sensibilité étonnante ; lui, un être positif, n'avait jamais osé confier à l'imagination la responsabilité de restituer la vérité de la vie aux événements toujours étudiés de l'histoire.

Et, cependant, il sentait que Margaret avait raison. Que s'il voulait véritablement connaître son père, il lui faudrait acquérir cette sorte de foi intuitive dans l'imagination, dépasser ce qu'il avait vécu, deviner ce que, du vivant de Louis Malterre, il n'avait pu définir.

Margaret se taisait maintenant. Ses yeux verts fixaient un coin du plafond du bar, comme s'il était une fresque racontant tout ce qu'elle venait de dire.

Jean-Louis lui toucha le bras. Elle sourit et son sourire avait un charme inattendu.

– Je comprends, dit Jean-Louis, tout ce que vous devez voir à travers le viseur de votre appareil...

Il l'avait ainsi relancée sur son sujet.

Ils bavardèrent encore longtemps dans le bar.

Jusqu'à ce que Jean-Louis s'aperçût qu'il était près de neuf heures et qu'il priât Margaret de dîner à sa table. Elle demanda la permission de passer une robe et le rejoignit dix minutes plus tard sur la terrasse, au huitième étage.

Derrière les longues haies, les lumières de Lisbonne semblaient sortir des hortensias bleus et roses qui formaient une haie continue autour du restaurant. Il montait de la ville une sorte de vapeur jaune exhalée par les éclairages de l'Avenida da Liberdade. Au dôme rococo d'un immeuble voisin, une gigantesque fresque de néon rouge crachait, à intervalles réguliers, en décomposant ses effets, le slogan d'une compagnie aérienne. Très loin, de minuscules lumières que l'on pouvait croire des étoiles brillaient aux mâts des bateaux glissant sur le Tage et le faisceau insistant du phare tournoyait, comme la queue d'une comète qui aurait décidé de devenir toupie pour l'éternité.

Quand Margaret apparut, Jean-Louis la trouva toute différente. Les talons hauts lui ajoutaient encore quelques centimètres, le décolleté de sa robe du soir étonnait, les bijoux, le collier surtout et les boucles d'oreilles paraissaient déplacés comme s'ils eussent été présentés sur un mannequin de bois, dans une vitrine. Elle s'avança en s'efforçant de modifier son pas, son allure sportive de femme habituée aux tailleurs de tweed et aux souliers plats. Elle se crut obligée d'avoir une conversation appropriée au cadre, aux circonstances et à la toilette qu'elle portait. Ce fut affecté et banal jusqu'au dessert et Jean-Louis s'ennuya.

Enfin, elle se mit à parler du Portugal et du culte durable que les pêcheurs vouent à Vasco de Gama, et du héros portugais, le chevalier Martim Moniz, qui défendit Lisbonne contre les Barbares.

– C'était une sorte de Jeanne d'Arc, dit-elle, qui n'aurait pas entendu des voix, mais dont les coups d'épée miraculeux sauvèrent le pays de l'envahisseur maure. Avec Inés de Castro, ils sont les deux êtres les plus attachants de l'histoire portugaise. Leurs vies sont à tous deux des œuvres d'art. Avec eux l'amour et la foi ont triomphé de la mort.

– Fabuleux destin, en effet, dit Jean-Louis, qui n'avait pas un seul instant cessé de penser au poème trouvé dans la chambre de son père. L'amour et la mort s'y livrent une partie d'échecs cruelle et sanguinaire...

– C'est ainsi, dit Margaret, il n'y a pas de passion authentique sans tragédie ; les vraies amours se trempent dans le sang comme si elles puisaient une force dans la violence.

– Chimène eût peut-être moins aimé le Cid, s'il n'avait dû tuer son père. Pierre le Cruel aurait peut-être été infidèle à Inés, comme il l'avait été à son épouse l'infante Constance de Castille, si son père ne l'avait fait assassiner.

Jean-Louis imagina son père devant les tombeaux ; il crut trouver un sens au poème.

Son père avait-il aimé une morte ?

Était-il venu chercher dans la cathédrale d'Alcobaça la promesse d'une résurrection ou l'assurance en une mystérieuse raison d'aimer encore ?

– Peut-être, après tout, dit-il, la mort n'est-elle pas un obstacle à l'amour, puisque l'absence n'en est pas un et que la mort n'est qu'une absence.

– Une absence rassurante, dit Margaret. Rien ne peut plus arriver aux morts. On ne peut ni les séduire ni les détourner. Ils ne sont pas ouverts à la calomnie, ils ne sont pas sensibles aux douleurs, ils ne vieillissent ni n'enlaidissent. Ils s'imposent avec insolence dans une immobilité totale. Je crois même qu'on peut aimer un mort qu'on n'a jamais connu, qui surgit spontanément dans une solitude...

Brusquement, Jean-Louis l'interrompit.

– Voulez-vous que nous retournions ensemble à Alcobaça ? Voulez-vous m'aider à trouver le sens d'un poème qu'écrivit mon père qui est un mort tout différent du vivant que j'ai connu ?

Par-dessus la table, elle tendit le bras et sa main

s'abattit sur la sienne. Elle avait des larmes qui glissaient lentement le long de son nez trop mince.

– Jamais, dit-elle, je n'aurais pu retourner seule là-bas maintenant que mon travail est fini. J'ai besoin de me persuader que ces gisants ne sont qu'œuvres d'art funéraire, que tous les morts sont bien scellés dans leurs caveaux et qu'ils ne peuvent nous atteindre, qu'il suffit de les rejeter de nos pensées pour les tuer à nouveau et définitivement...

6.

L'eau sale du Tage escaladait, avec les hésitations maladroites d'un animal aquatique en quête d'une proie terrestre, les marches de pierre où la légende veut que Vasco de Gama ait débarqué après son aventure marine. Le fleuve, dans les déchets du port, s'accouplait avec la mer, se laissait parcourir par le frisson des vagues épuisées et, par instants, abandonnait sur le granit corrodé des épluchures, des débris venus des égouts de Lisbonne, puis d'un nouveau geste hâtif, nettoyait l'escalier, le laissait luisant et net, avant de le souiller à nouveau. Il y avait dans l'air une odeur d'algues pourries et de mazout apporté par le clapotement de cette eau bâtarde.

Après le dîner et la longue conversation avec Margaret Greenworth, Jean-Louis n'avait pu envisager de se mettre au lit. Assis sur la murette en haut des marches, il suivait les jeux du fleuve à la limite de la flaque de lumière des hauts lampadaires électriques qui encadraient la place déserte. Loin de l'usine et des Cèdres, il se sentait plus clairvoyant, comme dégagé d'une influence dont il n'avait pas eu conscience.

Comme un historien désireux d'éclaircir une énigme qui n'a pas sa solution dans le présent, il pouvait maintenant réfléchir au cas de son père. Margaret Greenworth lui avait apporté un nouvel élément d'appréciation.

Louis Malterre, en écrivant ce poème qu'il savait maintenant par cœur, révélait quelque chose de lui-même, quelque chose d'ignoré de tous, même de Jean-Louis, quelque chose qui n'était pas conforme au personnage que tous avaient connu, aimé ou détesté. « Plutôt détesté », pensa le jeune homme, car son père était détestable sans raison. Sa froideur, son cynisme, la facilité avec laquelle il se montrait indifférent et inaccessible, le désintérêt manifeste au monde qui l'entourait, sa maîtrise aussi, sa force de décision. Sa façon d'engager une affaire, une discussion ardue, de régler l'une et l'autre sans enthousiasme, mais sans faiblesse, avec une assurance formelle, comme s'il agissait pour le compte d'un autre, envers qui il se serait engagé à réussir, puis une heure après avoir triomphé, l'oublier totalement, comme si l'événement avait été de lui-même.

Jean-Louis l'avait vu enlever de gros marchés, mener des négociations difficiles sans paraître s'intéresser à la chose, déclarer, une fois l'opération réussie : « Tout cela est sans importance », et décider du programme de travail du lendemain, comme si les heures qu'il venait de vivre avaient été banales et sans profit.

D'autres industriels en pareille circonstance offraient un dîner, faisaient un cadeau à leur femme, s'accordaient quarante-huit heures de détente, se réjouissaient d'une façon ou d'une autre ; lui, rentrait dans son personnage, ne changeait rien au rythme de sa journée.

Maryse, sa secrétaire, ne se souvenait pas de l'avoir entendu lui parler une seule fois en vingt ans, pour des motifs autres que ceux du service. Au matin du 1er mai, il lui faisait porter du muguet. Le lendemain, quand elle venait le remercier, il avait un geste de la main qui signifiait que l'envoi du muguet était une chose normale, traditionnelle, sans signification spéciale, pour laquelle il ne convenait ni de remercier ni de faire de commentaires.

C'était un bel homme que Louis Malterre et l'on racontait que s'il eût voulu rencontrer les regards de telle ou telle qu'il saluait cérémonieusement, en ayant l'air de penser à autre chose, il aurait pu avoir d'agréables maîtresses. On lui enviait son aisance, son élégance, son allure stricte, sa démarche vive et sèche, sa façon d'être partout précis, rapide, dominateur.

Dans les réunions, autour des tables de conseil d'administration, aux cérémonies inévitables, telles qu'enterrements et réceptions officielles, où il ne faisait que de brèves apparitions, il avait toujours l'attitude qui convenait, sans rien changer de son maintien habituel. On disait dans les salons ou dans les bureaux : « Malterre est venu. » Cela signifiait que la chose avait eu son importance.

Tandis que le Tage grignotait avec la marée montante, une à une, les marches du grand escalier, Jean-Louis se demandait quelle aurait été l'attitude de son père, ici, seul la nuit au bord de l'eau noire. Il se retourna sur la murette, comme s'il allait l'apercevoir là, debout, les talons joints, les deux mains enfoncées dans les poches de son pardessus, son chapeau bordé légèrement incliné sur l'oreille droite découvrant la tempe gauche argentée, une écharpe nouée avec négligence, le regard perdu sur l'horizon avec une sorte d'insistance un peu ironique.

On avait beaucoup reproché à Louis Malterre l'ironie de ses yeux bruns. « Il a toujours l'air de se foutre de vous », disaient ceux qui ne l'aimaient pas. En fait, cette ironie était sans but. Elle existait à l'état latent, tournée aussi bien vers l'intérieur de cet être que vers le monde auquel elle paraissait en permanence reprocher sa futilité. C'était l'ironie de l'orgueil solitaire pour tout ce qui semblait multiple, construit, voulu, recherché, goûté par d'autres que lui.

La place était déserte et le fantôme de Louis Malterre ne s'y trouvait pas. Jean-Louis laissa s'exhaler un soupir, descendit de la murette et regagna à pied le centre de la ville en pensant à Margaret Greenworth et à l'expédition du lendemain à Alcobaça.

Mais qu'apprendrait-il de plus de l'être bien-aimé dont il sentait plus physiquement l'absence ce soir, dans cette ville étrangère, en retournant devant les tombeaux qui lui avaient inspiré un poème où gisait peut-être la recette de sa force et de son dénuement ?

Ils quittèrent Lisbonne au début de l'après-midi dans une voiture de louage ; une vieille Cadillac aux amortisseurs fatigués. Margaret était redevenue elle-même dans sa jupe à plis, sa veste de daim, ses souliers plats. Son énorme sac de cuir surchargé d'étiquettes d'hôtels ressemblait au sommaire du Baedeker mondial. Elle souriait comme s'il se fût agi d'une promenade ordinaire.

Margaret était à ses yeux, et parce que d'étranges circonstances les avaient conduits l'un par l'autre à des confidences inattendues, un être chargé de regrets. Comme l'héroïne d'une pièce qu'on aime, dont la présence, la vie, prennent durant une soirée une importance capitale, pour qui l'on voudrait faire quelque chose, user d'une influence, dans le désir d'en savoir plus et qui, brusquement, quand le rideau tombe et que la lumière de la salle se rallume, devient irréelle, comme le personnage d'un rêve qui ne peut se reconstituer.

À combien d'êtres par le monde, la grande fille aux Leica avait-elle laissé cette impression d'inachevé, d'entrevu, un souvenir irritant, comme celui d'une châsse contenant des reliques précieuses, aperçue dans l'entrebâillement d'une porte.

Le soleil était chaud et Jean-Louis fit descendre la glace de la portière pour respirer un peu.

Ils n'arrivèrent à Alcobaça qu'à la fin de l'après-midi. Quelques kilomètres avant la petite ville, Margaret, qui avait fait des commentaires historiques sur chaque village traversé, s'était tue et, devenue soudain pensive, se contentait de sourire à son compagnon, quand elle sentait que celui-ci l'observait. Ce sourire étonnait Jean-Louis, et il remarquait pour la première fois que ce n'était qu'une formule courtoise de la jeune femme, indiquant qu'elle n'était point absente.

Les yeux semblaient attachés par-delà l'instant du sourire à d'autres visions. Quand Margaret se tournait vers lui, Jean-Louis avait l'impression pénible d'être un être transparent, à travers lequel sa voisine souriait au paysage aride qui défilait lentement tandis que la lourde voiture gravissait une route en lacet.

– Nous y allons tout de suite ? interrogea-t-elle dès que la voiture se fut arrêtée devant l'église.

Sans attendre la réponse de Jean-Louis, elle descendit de l'auto, donna l'ordre au chauffeur d'aller attendre à la terrasse du café voisin et se dirigea vers l'escalier monumental. Sous le porche, elle l'attendit et, ensemble, ils pénétrèrent sous les voûtes cisterciennes.

La première fois qu'il s'était avancé seul, dans l'église nue et vide comme la cale d'un cargo inutile, entre les gigantesques nervures des colonnes, dans les feux croisés des vitraux dépolis avares comme des hublots, il s'attendait à une révélation mystique.

Maintenant, il venait à la rencontre de son propre souvenir. Ce n'était plus le raisonnement qui devait le guider, mais une sorte de croyance toute païenne. Margaret marchait silencieusement sur ses semelles de crêpe, les chaussures de Jean-Louis tiraient des échos des voûtes. Ils étaient seuls, venus là comme des pèlerins qui ont chacun leurs intentions secrètes.

Elle se dirigea tout de suite vers le tombeau d'Inés et il la suivit machinalement. La lumière douce de la fin d'après-midi exagérait encore le teint d'ivoire patiné de la pierre, les anges mutilés accroupis autour du corps d'Inés n'avaient pas, comme à la clarté de midi, l'air de prier mais de guetter un dernier souffle de vie ou le premier signe d'une résurrection.

Margaret s'approcha du monument et commença une minutieuse observation des bas-reliefs comme si elle comptait y trouver une explication à ses propres préoccupations. Jean-Louis demeura en arrière, un peu raide et réservé, comme s'il se fût trouvé devant un lit où reposait une morte récente. Ils restèrent un moment ainsi : elle, penchée sur les petites statues brisées ; lui, observant l'ensemble dans l'attente d'une pensée qui le guidât. Enfin, lentement, il se dirigea vers le tombeau de Pierre le Cruel moins éclairé encore à cette heure-là que celui d'Inés.

Le géant de pierre paraissait redoutable dans son immobilité. La force de la légende, passée dans la matière inerte, lui conférait les possibilités reconnues aux spectres. Pierre le Cruel, qui s'était montré assez obstiné pour reprendre à la mort une riche proie, n'aurait-il pas la puissance de faire éclater sa prison et d'en sortir, brutal comme un fauve que l'on croyait maîtrisé ? Une sorte de peur, appartenant aux échos de la vision dans l'imagination du jeune homme, fut un instant la sensation dominante. Elle ne dura qu'une fraction de seconde, le temps d'une pensée informulable.

Mais il sut alors qu'une étrange communication était possible, que ces sculptures massives n'étaient rien qu'une représentation sans valeur réelle, que ce tombeau demeurait à travers le temps la résidence d'un être insaisissable, un geste pour une pensée, un mot pour une sensation.

Il s'approcha plus près du tombeau, à le toucher. Puis il en fit lentement le tour comme le firent les diacres en balançant leurs encensoirs au jour des funérailles. Jean-Louis s'immobilisa à la tête du gisant. Celui-ci était trop élevé pour qu'il pût voir les détails du visage. Il n'en saisit que le profil encadré entre les lourds cheveux et la barbe, profil net, sec, rigoureux comme un masque de comédie antique, aussi loin de la vie possible qu'un objet usuel, incapable de susciter une ressemblance, de donner des marques de l'existence, n'offrant rien de sûr dans la disproportion du nez long et droit et des joues géométriques.

C'est alors que son esprit critiquait ainsi cette représentation sans recherche, étonnante au-dessus d'un socle où le ciseau du sculpteur s'était livré avec virtuosité à la minutie du détail, que Jean-Louis cessa d'être un quêteur frustré.

Sans qu'il pût conduire sa pensée, il se vit devant le lit de son père, seul en face du mourant qu'il venait d'étendre là, après sa syncope, tandis que sa mère téléphonait dans le hall pour appeler le médecin.

Un court instant, entre deux souffles, son père l'avait fixé intensément. Seuls, les yeux vivaient encore. Le corps appartenait déjà à l'immobilité définitive. D'un geste nerveux comme le réflexe de celui qui veut retenir un être dans une chute, Jean-Louis avait ouvert le col de la chemise pour tenter vainement de conjurer l'étouffement intérieur. À cet instant, le visage de Louis Malterre était devenu autre.

L'esthétique de la mort l'avait transformé en ce qu'il devait être un moment plus tard, après le dernier râle. La vie tout entière concentrée dans le regard paraissait un infime sursis. Les yeux étaient lavés de leur éclat ironique ; ils étaient ceux du magicien qui veut livrer d'un seul coup tous ses secrets avant de disparaître.

Jean-Louis n'avait pas vu là une supplication, ça n'en était pas une, mais une volonté de convaincre de quelque chose. Son père ayant entrouvert la bouche, il s'était approché et en même temps qu'il encourageait le moribond en lui disant :

« oui, parle, j'écoute... », d'une voix de ventriloque exténuée, incapable d'empêcher la fusion des syllabes, son père avait émis des sons.

Il avait entendu, distinctement, des a par deux fois, comme s'il disait « ah, ah » ou « ça va »... « ça va ». Puis il y avait eu un autre borborygme, finissant en i... et tandis qu'il saisissait la main à la dérive sur le bord du lit et dont la pesanteur appartenait déjà à la mort, son père avait fermé les yeux pour passer dans l'ultime concentration de ses forces, comme s'il faisait appel, d'un seul coup, aux ondes de vie imperceptibles qui devaient vibrer encore, éparses dans ce corps perdu.

Jamais jusqu'à cet instant, il n'avait vécu aussi nettement la mort de son père. Tous les détails revenaient à sa mémoire, avec précision, alors qu'hier il eût été bien incapable de les ranimer volontairement.

Louis Malterre avait voulu parler, prononcer une phrase qui expliquât tout, exiger ou conseiller. Le cruel était l'incompréhension, l'incertitude. Peut-être n'était-ce qu'une plainte de mourant, un adieu banal, des sons sans suite, formés hors de la volonté de l'être, arrachés au monde sensible, c'était ce qu'il pensait, lui, le fils du mort, jusqu'à cette minute. Maintenant seulement le doute apparaissait : le dernier effort du mourant signifiait peut-être autre chose.

Les yeux grands ouverts devant le tombeau, Jean-Louis ne voyait plus un gisant de pierre, il ne sentait plus le poids de son corps, non plus que sa volonté qui le maintenait debout : il traversait une étrange hallucination.

Son père demeurait là, devant lui, dans le contexte du lieu où la mort l'avait saisi, tout entier dans le regard où avait dû passer tout un monde, où le mystérieux poème avait sa raison d'être et sa résonance vraie.

Quand il sortit de cette exaltation de l'esprit qui devait plus tard lui laisser le souvenir d'une extase indépendante où son moi n'avait eu aucune part – car il lui avait été donné de voir sans que rien d'humain intervienne – la cathédrale baignait dans l'ombre. Une dernière clarté rougeoyante tombait sur le tombeau, le réduisant à des lignes imprécises et floues, mettant de la modestie dans ses proportions, amputant le corps de pierre, le réduisant à une projection sans volume.

Jean-Louis eut un tremblement. Quand il passa la main sur son front, il le sentit moite et fiévreux. Il avait ici perdu la notion du temps et de lui-même, de sa propre vitalité, comme s'il avait eu un instant la grâce d'une vision païenne. Il avait aussi oublié Margaret Greenworth. La nef était déserte et, très loin dans une sorte de brouillard, il vit en se retournant à l'autre bout de l'église un trait net, la lumière qui par la porte entrebâillée lui disait la direction du retour vers le réel où l'attendaient d'autres questions.

Il eut un moment l'envie de demeurer ici, où tout paraissait résolu, hors de sa compréhension, puis il se mit en marche et, sans entendre le bruit de ses pas, il quitta Santa Maria, à travers les enfants bruyants qui jouaient sur les marches du parvis.

Margaret Greenworth l'attendait au restaurant d'en face devant un verre de porto, en bavardant avec le maître d'hôtel. Quand il se fut assis en face d'elle, il eut la sensation de quelqu'un qui retrouve ses habitudes après une longue maladie. Elle sourit et dit une phrase en portugais au garçon qui revint avec un verre. Il but lentement, comme un noyé raisonnable qui se ranime avec prudence. La chaleur du vin acheva de lui restituer son humanité.

– Margaret, dit-il sans se rendre compte qu'il l'avait appelée par son prénom, j'ai dû rester longtemps dans l'église.

– Près de deux heures.

Elle aurait voulu savoir quelles avaient été ses pensées pendant tout ce temps, mais la phrase qu'elle prononça fut banale et de pure courtoisie :

– Je craignais que le garde ne vous enferme !

Mais Jean-Louis n'entendit pas. Il poursuivait sa quête et voulait que cette femme y fût associée.

– Je suis resté bien longtemps, car j'ai appris beaucoup de choses sur moi-même.

Sa voix se fit plus nette, plus ferme quand il ajouta :

– Je sais maintenant que mon père a voulu me charger d'un message, qu'il a eu le désir de dépouiller, au moment de sa mort, son personnage quotidien, qu'il m'a désigné comme son seul confident et que je n'ai pas compris. Je sais aussi que je ne serai moi-même qu'au jour où j'aurai tout expliqué. La vie de mon père est comme un de ces jeux d'assemblages où l'on doit mettre en harmonie des pièces noires et blanches pour former une continuité logique et esthétique. Il y a un ordre que je puis seul rétablir. Par vous et par ces tombeaux, j'ai appris cela. Je vois mal le sens de ces choses et parce que je ne suis pas un philosophe, ni un mystique, j'hésite sur la direction, je m'effraie à la pensée d'une erreur, je me trouve engagé dans une quête dont le but m'est caché, mais dont la nécessité s'impose.

– Souvenez-vous, dit Margaret, du Saint-Graal ; il y avait pour les élus de la Table ronde une succession d'embûches et de grâces. Les embûches sont en vous-même, Jean-Louis, mais les grâces vous seront données, comme ce soir, quand il sera indispensable qu'elles le soient. Promettez-moi seulement de me dire l'issue, car moi je n'ai encore pas eu la grâce, et j'ai peur de m'être choisi une voie qui ne conduit qu'au néant.

Ils dînèrent en parlant de choses et d'autres, avec une grande confiance. Entre eux s'était établi un accord, sûr, implicite. Ils raisonnaient en sachant que tout un fonds d'expérience leur était commun, comme les citoyens d'une même ville ayant un passé, une histoire commune. Mais tandis que Margaret s'était établie depuis longtemps sur ces domaines de l'esprit et de la pensée, Jean-Louis venait d'y accéder et avait encore besoin d'un guide.

À la fin du repas, il décida de tout livrer à la jeune femme. Longuement, il lui parla de son père, de la vie aux Cèdres, de l'usine, de son existence, qui lui apparaissait jusqu'à ce jour vide de sens, routinière, où jamais il ne s'était senti profondément engagé.

– J'agissais, comme si le but final était de vendre le plus possible de boulons et de charpentes métalliques. Je suivais mon père, mais une partie de mon père seulement, aujourd'hui je m'en rends bien compte. La partie agissante, extérieure, la seule accessible de cet être. J'étais comme ces ignorants de la science qui s'émerveillent d'un appareil utile à la vie domestique, sans rien deviner de son principe savant et des sommes de recherches arides qu'il a exigées ; comme ces gens qui conduisent une automobile sans même savoir ce qu'est un moteur à explosion.

Margaret souriait. Pour être juste, les comparaisons de Jean-Louis n'en demeuraient pas moins simplistes et presque naïves ; mais elles prouvaient son cheminement, ce qui lui donnait confiance, comme si elle se fût sentie responsable de la transformation de cet homme qu'elle ne connaissait pas une semaine auparavant.

Pour l'instant, Jean-Louis dégustait son café bouillant à petites gorgées en lui souriant à travers la vapeur aromatique du breuvage. Elle était convaincue que cet inconnu aux yeux clairs, qui venait de la mêler à sa vie, si intimement, était plus proche d'elle que ses amis de vieille date. Elle tendit la main par-dessus la table et serra celle de Jean-Louis.

Un observateur indifférent et non instruit de ces deux êtres eût vu là un geste d'amoureuse, mais Jean-Louis et Margaret étaient de ceux chez qui l'amour s'exprime sans geste, elle avait spontanément cherché un contact sans équivoque. Peut-être en cet instant partageraient-ils la même ivresse des esprits sûrs de leur alliance.

– Merci, dit-elle à voix basse. Merci d'exister, et deux larmes sans suite, rondes et lourdes, larmes de petite fille sans orgueil, glissèrent jusqu'à ses lèvres où elles se perdirent dans un nouveau sourire.

Jean-Louis sut à cet instant que, aussi longtemps qu'il vivrait, cette soirée demeurerait dans sa mémoire. Il lui suffirait de fermer les yeux pour entendre le cliquetis des couverts, sentir sa main prise entre la fine toile de la nappe et la tiédeur pénétrante de la main de Margaret et retrouver en lui cette crispation des nerfs à hauteur de l'estomac et ce léger tremblement dans la gorge.

– Un jour peut-être, dit-il, tout cela nous paraîtra simple, mais en cet instant, j'ai l'impression de naître à une existence nouvelle. Je ne sais si elle sera facile, mais je n'aurais pu comprendre la mort si je n'étais pas enfin né à cette vie-là.

Margaret avait retiré sa main et semblait reprise par son rêve intérieur. Jean-Louis se tut et, levant la tête, aperçut dans une glace son propre visage. Pour la première fois, il ressemblait à son père et ses yeux lui renvoyèrent ce petit éclair d'ironie froide qu'ont les contemplatifs sur les fresques du Moyen Âge.

Dans la voiture qui roulait vers Lisbonne, à travers la campagne noyée dans la nuit, ils se turent. Le chauffeur conduisait avec dextérité. Jean-Louis avait un sentiment confiant. Il regardait en lui-même et y découvrait une foule de réflexes nouveaux.

Margaret, les yeux clos, paraissait harassée par ce voyage. Il pensa qu'il aurait pu la désirer ou l'aimer, mais cette soirée les avait portés bien au-delà des sentiments et des désirs. Ils avaient été deux naufragés que le sauvetage allait séparer à jamais sans doute. Ils avaient échangé loyalement leurs forces.

À l'hôtel, ils flânèrent un moment sur la terrasse, peuplée de couples chuchotant ces mots de minuit qui ne signifient rien, qui ne sont prononcés que pour attiser une tendresse.

– Comme tout est simple pour certains, dit Jean-Louis. S'aimer, s'unir, avoir des enfants, les élever, en faire des hommes et des femmes qui s'aimeront et s'uniront afin de perpétuer le monde. Je les envie parfois. Ils doivent être les élus, ceux de qui rien n'est exigé de plus que de vivre ; nous devons être les maudits..., les orgueilleux.

– Ni orgueilleux ni maudits, répondit-elle ; nous sommes simplement conscients de choses qu'ils n'ont pas encore perçues et notre récompense sera peut-être de revenir parmi eux, pour nous engager dans le rang sans risquer les déceptions que va leur réserver l'avenir. L'aurore qu'ils ne peuvent deviner pour n'avoir pas vécu la patiente recherche de la nuit.

– Que s'offrent-ils les uns les autres ? Rien que des corps, des sentiments, des situations. Ils se bernent mutuellement, ils se croient raisonnables parce qu'ils s'installent dans le destin humain, alors qu'ils devraient savoir qu'ils ne sont que des dieux gaspillés...

7.

Quand Michel Malterre, le grand-père de Jean-Louis, avait acheté les Cèdres en 1895, Louis venait de naître et la famille faisait l'apprentissage de la fortune. L'industriel avait choisi cette propriété parce qu'elle était la plus isolée de la banlieue résidentielle, hors d'une ville éternellement couronnée de fumées sales que la pluie collait aux façades des immeubles de la vallée.

En même temps qu'elle offrait un asile calme au milieu d'un parc entouré de murs épais, comme ceux d'un couvent, la villa des Cèdres classait d'emblée son propriétaire. Le jour où, chez Me de Noès, le grand-père Malterre avait signé l'acte de propriété, il avait élevé sa famille au rang de la grande bourgeoisie provinciale.

Un des piliers du portail portait une inscription « Les Cèdres » et une date « 1857 ». Le précédent propriétaire avait tenté de justifier le nom du domaine en plantant quelques cèdres le jour où l'on avait commencé les fondations. Les arbres s'étaient étiolés pendant que l'on construisait sa demeure. Ils avaient été de la première flambée dans la cheminée du salon, mais le nom était déjà gravé sur le pilier de l'entrée. C'était le seul et durable vestige d'une plantation avortée.

Le grand-père Malterre, qui n'aurait pas fait de différence entre un cèdre et un épicéa, n'avait pas jugé bon de débaptiser son domaine qui portait ainsi une identité usurpée. Il s'était contenté de faire planter une allée de tilleuls et des marronniers. À la mort de son fils, ceux-ci cachaient complètement la façade de la maison aux passants qui risquaient un regard à travers la grille repeinte chaque printemps.

Quand Louis Malterre était devenu, à son tour, le maître des Cèdres, la maison avait acquis la patine flatteuse du temps. Les arbres du parc, en pleine maturité, ajoutaient par leur taille et leur ombrage l'ambiance paisible et distinguée des très vieilles demeures. Le domaine bourgeois et banal prétendait, avec les années, au style Louis-Philippe.

C'était à la fois robuste et cossu. Le père de Jean-Louis s'était contenté d'y ajouter le confort : chauffage central, salles de bains, peintures claires, moquettes et tapis, mobilier anglais en citronnier. En même temps, il avait supprimé les massifs bordés de désespoir-des-peintres et planté partout du gazon. Il ne concevait les fleurs que dans une serre, qu'il avait fait aménager derrière la maison. Du même coup, on avait enlevé les deux énormes potiches de ciment couronnées de géraniums qui trônaient sur le perron.

Louis Malterre aimait les fleurs, comme on aime les saxes ou les ivoires. De même qu'on ne place jamais les pièces précieuses sur des meubles hors des vitrines, il n'admettait pas de voir les fleurs dans des vases ou exposées aux intempéries dans le parc. Il les considérait plus en collectionneur qu'en esthète, presque en biologiste.

Dans la serre aux orchidées, il y avait bien d'autres fleurs rares ou étonnantes : des caladiums, des achinopsis, des cypripédiums, des gobemouches des Antilles, des droséras. Il les visitait quotidiennement, exigeait que le jardinier le prévienne de tout changement, de la moindre naissance d'un bourgeon, de la présence d'un pou sur telle ou telle, des étiolements comme des floraisons. Il était comme ces originaux qui préfèrent tenir un fauve dans une cage plutôt que se promener avec un chien affectueux et familier.

Avec lui, les Cèdres étaient devenus une résidence dictatoriale. Ses activités domestiques, ses horaires, sa manière de vivre y conditionnaient tout, des cuisines où régnait Mathilde jusqu'au pavillon d'Émile, qui cumulait les fonctions de jardinier et de chauffeur.

Dès la mort de son père, sorte de géant taciturne qui s'accommodait de tout et qui estimait n'avoir rien à commander hors de son usine, Louis Malterre avait imprimé partout sa volonté. Cette mise en ordre, Mathilde et Émile s'en souvenaient, était intervenue en 1926, après une série de voyages à l'étranger, avant qu'il ne prenne en main l'affaire du père, mort deux ans plus tôt.

« Un homme méthodique, disait la cuisinière en parlant de son maître, qui lui inspirait de son vivant une crainte respectueuse. Quand il eut mis toute la maison au pli, il s'est marié, et madame Camille n'eut qu'à entrer ici, comme on entre au régiment. Tout était prévu. Jamais il ne lui a demandé son avis, et monsieur Jean-Louis tout pareil. »

Jean-Louis n'avait rien changé à cela. Il était né dans un cadre particulier, s'y était adapté et son pouvoir hérité l'avait conduit à maintenir les formes traditionnelles de la vie aux Cèdres. Il avait succédé au maître et entendait respecter la constitution édictée par celui-ci. Ni Camille, ni Agnès, ni les domestiques, personne n'y avait rien trouvé à redire.

Cependant, pour sa mère et sa sœur, s'il représentait la suite du pouvoir en tant que fils aîné responsable de la vie matérielle, les deux femmes se trouvaient libérées de l'autorité morale d'un mari et d'un père.

Ce fut Camille qui, la première, en prit conscience sous son voile de veuve. Comme elle descendait de sa voiture, place des Terreaux, un homme encore jeune se retourna et, sans chercher à feindre, fixa ses jambes : la mode cette année-là faisait les jupes étroites et Camille ne put empêcher le passant de saisir l'aubaine d'une vision inattendue. Tandis qu'elle refermait la portière, il s'arrêta une seconde à sa hauteur et lança d'une voix agréable :

– Vous a-t-on déjà dit que vous avez de très jolies jambes...

Camille aurait voulu répondre quelque chose, violemment, trouver une phrase ironique, cingler cette audace, traiter cet homme de satyre ou le gifler. Elle ne put articuler qu'un « mais... », qui resta sans suite, car le promeneur s'éloignait déjà, en saluant d'un sourire.

Cet incident la troubla beaucoup. Dans la rue, dans les magasins où elle se rendit ce jour-là, elle se mit à observer les autres femmes et à s'observer elle-même dans les glaces et les vitrines. Elle avait perdu son assurance de bourgeoise. Son mari lui avait dit un jour « qu'elle était jolie » au soir de son mariage. Elle ne s'était jamais plus posé la question depuis. Elle l'avait oubliée.

Mais l'inconnu, d'un regard insistant de connaisseur, lui avait réappris qu'elle possédait un corps. Cela suffisait pour qu'une foule de puissances charnelles atrophiées se révèlent. Dans la Rolls qui la ramenait, elle rougit à la pensée qu'un homme pût encore la désirer. Elle ouvrit son sac et sortit un petit miroir. Son visage n'avait pas une ride, le dessin de ses lèvres paraissait impeccable. Ses yeux verts aux reflets doux et las ne manquaient pas d'un certain charme. Grâce aux soins du coiffeur, ses cheveux gardaient la blondeur de la jeunesse.

Elle referma son sac et considéra sa jambe droite croisée sur la gauche : sous le nylon noir elle était lisse et galbée, avec ce qu'il fallait de cambrure à la cheville.

Camille se sentit joyeuse, puis honteuse, puis résignée.

« Vous a-t-on déjà dit que vous avez de très jolies jambes... »

Non, on ne le lui avait jamais dit et pourtant il en était ainsi.

Les circonstances, les conversations avaient frustré Camille d'une existence de femme. De petite fille, elle était devenue mère sans rien connaître de l'adolescence sentimentale. Les poètes des humanités n'avaient pas éveillé en elle ces échos qui irritent les sens, incitent à la recherche de l'amour et mettent les cœurs en état de réceptivité. Jamais aucun collégien ne lui avait envoyé la moindre lettre naïve ou impudique. Elle n'avait jamais rencontré les frères de ses amies et son unique cousin avait deux caractéristiques repoussantes : de l'acné et une monstrueuse moto qui sentait mauvais.

En quittant la pension, elle s'était fiancée à Louis Malterre.

Anormalement naïve, elle n'avait jamais rien compris aux avances ou aux provocations des hommes. En ville, on disait qu'elle était « bête comme une oie ». Son regard trop clair, qui se posait sur les objets sans paraître en saisir les contours, accréditait cette opinion. Camille allait aborder la cinquantaine sans avoir été une femme.

Tout cela, elle venait de le découvrir à la suite d'une réflexion lancée par un inconnu qui devait avoir l'habitude d'être audacieux avec les femmes. À toute autre que Camille, il eût simplement fait plaisir, chez elle il avait provoqué un réveil tardif, et ce soir-là, en prenant son bain, la veuve de Louis Malterre put constater dans la psyché de sa chambre qu'elle avait un corps de jeune fille. Et ce corps lui faisait deviner, confusément, que sa vie aurait pu être bien différente.

L'absence de Jean-Louis donnait à Camille un supplément de confiance. Elle rouvrit son piano, retrouva dans une malle, oubliée au grenier, les romances de sa jeunesse. Quand elle les joua un après-midi, la musique lui apporta la confirmation qu'il existait un monde romantique et passionné. Elle pleura après avoir chanté. À travers les couplets naïfs et les mélodies doucereuses, les duos des bergers et des bergères lui parurent transposables dans la réalité, les mots prirent des significations nouvelles. À l'heure du dîner, elle avait la tête en feu et une insupportable envie de sortir, d'aller à la rencontre de cette femme nouvelle, née hier, qui était sa sœur chargée de désirs inavoués, son contraire et son complément.

Agnès ayant téléphoné qu'elle ne rentrait pas dîner, Camille se mit au lit et lut tard dans la nuit un roman anglais.

Pour Agnès aussi, la mort de Louis Malterre, si elle n'avait amené aucun changement apparent, modifiait bien des choses. À la faculté de Droit, elle avait fait, quelques années plus tôt, la connaissance de jeunes communistes qui l'avaient conquise aux doctrines sociales. Elle avait eu à cette époque d'âpres discussions avec son père sur le droit de grève et la légitimité des revendications ouvrières. Elle s'était mise à faire un complexe de compensation. Pendant des mois, elle avait refusé d'utiliser la voiture et le chauffeur et s'était acheté une bicyclette. Une jupe à plis, un corsage blanc, des souliers plats avaient été pendant cette période sa seule toilette. Elle s'était abonnée aux revues de gauche jusqu'au jour où – en trois phrases, dont la dernière était un ultimatum : « Va vivre dans une HLM et gagne ta vie en travaillant, ou accepte notre mode d'existence » – Louis Malterre avait balayé d'autorité ses apitoiements et son socialisme de salon.

Dès la mort de son père, le jour même de l'enterrement de celui-ci, après avoir surpris quelques réflexions en côtoyant les ouvriers qui suivaient le cortège, elle s'était sentie à nouveau reprise par son idéal de justice sociale. « Si Jean-Louis n'était pas là je ferais à l'usine l'association capital-travail. Ce serait une expérience et un exemple. J'assurerais ainsi le bonheur de milliers d'êtres qui jusque-là n'ont fait que gagner le coûteux confort dans lequel je vis, en plus de leur pain ».

Dès lors elle remit sa jupe à plis et ses chaussures plates. Son deuil s'accommodait d'ailleurs de cette tenue. Elle renoua des relations avec des camarades devenus professeurs de lycée. Elle se mêla aux syndicalistes et aux assistantes sociales de la ville. Un jour, elle signa un manifeste et le bruit courut dans les salons que la fille Malterre était devenue communiste.

Mais Agnès voulait aller plus loin. Elle sentait confusément qu'il fallait agir très vite, pendant l'absence de son frère, afin de le mettre à son retour devant une situation telle qu'il serait obligé d'entendre ses conseils et peut-être d'accepter sa médiation.

Il arriva qu'on lui offrît le poste de conseiller juridique des syndicats. Elle accepta et put ainsi augmenter son influence. Si les militants de base se méfiaient de cette grande fille blonde, autoritaire, qui adoptait leurs expressions et paraissait s'intéresser à leurs problèmes, parce qu'elle restait tout de même une fille de patron, les dirigeants l'entouraient, la traitaient en camarade, sachant tout le profit qu'ils pourraient tirer, non de ses conseils, mais des mœurs qu'elle révélait inconsciemment en pratiquant l'autocritique.

Elle aurait voulu qu'une grève éclatât pour montrer qu'elle avait sauté la barrière des conventions et prouver sa foi nouvelle, mais le retour de Jean-Louis approchait sans que le mécontentement chronique des ouvriers de la ville se traduise autrement que par des réunions de dirigeants où, prudemment, on différait toute action.

L'homme qu'elle préférait était un forgeur des

aciéries, délégué cégétiste, sorte de géant aux mains calleuses, au visage dur, cuit par les feux de la forge qui laissaient dans les rides, aux coins des yeux, la trace de l'haleine charbonneuse de la soufflerie. Il symbolisait, pour Agnès, l'ouvrier puissant et misérable, un personnage de Zola. Quand il parlait au comité, il ne trouvait jamais les mots qu'il fallait ; Agnès les lui soufflait et lui, de sa voix rauque, répétait ses phrases comme celles de l'évangile ouvrier. Un jour qu'il devait se rendre à un congrès, elle lui écrivit son allocution, en s'identifiant, elle la fille de bourgeois, au manœuvre exploité par les marchands de canons. Grâce à la rhétorique d'Agnès, le forgeur Félicien Barrot obtint un joli succès. À son retour, il négligea de la remercier.

Elle en fut un peu déçue, mais elle en vint très vite à la conclusion que sa déception était due à ses habitudes bourgeoises, que Félicien n'avait pas à remercier pour une aide toute naturelle, que chez les simples la sincérité remplace la politesse..., qu'un combattant ne remercie pas un autre combattant qui lui a prêté une arme, surtout si ce dernier n'est pas en première ligne.

Camille, trop absorbée par la découverte qu'elle poursuivait d'elle-même, ne se souciait pas des activités de sa fille. L'une comme l'autre, chacune à sa manière, s'essayait à découvrir sa personnalité longtemps tenue en esclavage par Louis Malterre.

Cependant Agnès devait, à la suite d'un incident fortuit qui eut lieu la veille du retour de son frère, rentrer définitivement dans les usages de la tribu.

Ce soir-là, le comité local des syndicats avait longuement discuté des modifications à proposer pour les conventions collectives. La réunion s'était prolongée au-delà de minuit et Félicien Barrot, qui allait enfourcher sa bicyclette, proposa à Agnès de la raccompagner. Elle accepta, espérant en cours de route convaincre le forgeur qu'il se range à ses vues, que les autres délégués trouvaient trop exigeantes et indiscutables avec les patrons.

En marchant vers les Cèdres, au long des rues de la ville, Félicien Barrot qui tenait son vélo d'une seule main, s'était contenté d'écouter. Les mots qu'employait Agnès le séduisaient, même s'il en ignorait le sens. Quelquefois, il demandait une explication et s'efforçait de retenir un argument mais il était sous le charme des sons distingués prononcés par cette voix aux intonations chaudes et vibrantes, qui donnait de l'éclat aux mots comme les coups de son marteau faisaient jaillir des étoiles de feu de l'acier chauffé à blanc.

Quand ils atteignirent la route de Saint-Paul qui conduit au quartier résidentiel, où au milieu d'autres propriétés se dressaient les Cèdres, Félicien prit le bras d'Agnès qui sursauta sous le poids de cette main lourde et maladroite. Elle imagina ce qu'aurait pu être la rencontre avec son père, ainsi en pleine nuit, avec un ouvrier des forges tenant familièrement son bras d'une main et sa bicyclette de l'autre. Elle eut un sourire orgueilleux ; celui des esclaves affranchis quand ils pensent à leurs anciens maîtres. Félicien, dans le rayon vague d'un lampadaire, prit ce sourire pour lui et pensa à ce que lui avaient dit les copains. « C'est une fille qui veut un gars solide pour lui faire l'amour, tu lui plais, tu ne devrais pas hésiter... »

Il n'hésita pas. Très vite sa main lâcha le coude d'Agnès et son bras largement déployé entoura la taille de la jeune fille qui fit un pas de côté pour se dégager. Sans desserrer son étreinte, Félicien réussit à l'attirer contre lui, dans la zone d'ombre des constructions. Agnès voulut crier, imaginant déjà un viol, mais le forgeur riant de toutes ses dents laissa aller sa bicyclette contre le mur et son second bras libre enserra Agnès.

– Vous êtes fou, lança-t-elle, laissez-moi.

Félicien faillit ouvrir les bras, mais il pensa que peut-être les femmes du monde aimaient à faire des manières pour se laisser embrasser et qu'il était trop tard pour revenir en arrière. Agnès, arc-boutée contre le torse du garçon, avait le nez dans les poils bouclés qui lui faisaient un plastron dans l'échancrure de sa chemise ouverte. L'odeur de ce corps d'homme fort amena une moue de dégoût sur ses lèvres, son cœur se mit à cogner comme une bielle qui va se rompre.

Félicien sentit ployer le corps de la jeune fille sous l'effort de son bras, crut qu'elle cédait ; sa main, qui se voulait caressante, se posa sur le sein d'Agnès, le pétrit à travers l'étoffe du manteau. Elle hurla et le forgeur laissa retomber ses bras et reçut en pleine face la rancœur, la honte, la haine de la bourgeoise qui trouvait que le jeu finissait mal.

– Vous..., vous..., dit-elle, laissez-moi avec vos sales mains... et elle s'en fut en courant.

Félicien Barrot, à la lueur du lampadaire, regarda ses grosses mains aux ongles ébréchés et noirs, aux jointures crevassées, il les retourna pour voir les paumes lisses et dures comme le manche de la masse qu'elles étreignaient tous les jours. Il y aurait vu du sang qu'il n'aurait pas été étonné, tant il se sentait coupable. Alors, dans la nuit, tandis que la pluie de printemps se mettait à tomber comme un rideau à la fin d'un acte, il lança dans la direction de la fuyarde et des Cèdres, de sa voix qui pouvait couvrir le bruit du pilon et la sarabande des marteaux dans la forge, son insulte personnelle d'homme refusé : « Ga...a...a...a...rce... »

Et l'orage crépita, mêlant sa colère à celle du forgeron.

Rentrée chez elle, Agnès prit un bain en pleurant. Le lendemain, elle rangea définitivement sa jupe à plis, ses souliers plats et expliqua en quatre lignes au comité local des métaux qu'elle se démettait de ses fonctions de conseiller juridique pour des raisons de convenance personnelle. En cachetant l'enveloppe, devant son secrétaire Louis XV, dans sa chambre, elle leva les yeux. Dans un cadre de cuir, elle rencontra le regard de son père. Pour la première fois, elle vit combien il était subtilement ironique.

Alors seulement elle commença à l'aimer.

8.

– Voulez-vous attacher votre ceinture, monsieur. Nous allons atterrir…

Jean-Louis sursauta. Au néant du sommeil, dont la voix de l'hôtesse venait de le tirer, succéda brutalement le quatuor de basse des moteurs. Il s'était endormi après l'escale technique de Madrid. Depuis Lisbonne, il n'avait pu détacher ses pensées de Margaret. Maintenant un oubli dans le sommeil et des milliers de kilomètres les séparaient.

Il se baissa pour ramasser le livre qu'elle lui avait offert à l'aéroport et qui avait glissé à terre. « *La rue du chat qui pêche*, c'est le seul livre édité en français que j'ai trouvé à la bibliothèque de l'aérogare », lui avait-elle dit. Elle avait souri, enveloppée dans un grand manteau beige.

Quand il fut installé dans l'avion et qu'il la vit

par le hublot, au milieu des gens derrière les barrières de la douane, elle lui parut soudain fragile. Le vent ébouriffait ses cheveux et rabattait son col sur sa joue. Quand l'appareil se mit à rouler pour aller prendre la piste, elle eut un long geste du bras. Jean-Louis lui répondit d'un signe et d'un seul coup le pivotement du quadrimoteur lui fit découvrir, à la place du *parking* où Margaret au milieu d'autres personnes attendrait l'envol de l'avion, la campagne sèche et plus loin la mer semblable à de la tôle d'acier, ondulant sous le soleil.

Ils s'étaient embrassés, comme s'embrassent les amis d'enfance qui se sont retrouvés, en se serrant bien fort aux épaules, et le premier instant de mélancolie passé, quand l'avion fut en l'air et que, dans la voiture de louage, Margaret eut repris la route de Lisbonne, l'un et l'autre ressentirent la même joie triste, douce et gratuite, qui était aussi une sorte d'apaisement des sens.

Parce qu'ils n'avaient pas été sensibles au désir, parce qu'ils n'avaient pas eu à définir le sentiment qui les unissait, la séparation n'était pas un chagrin.

« Nous sommes deux éléments d'un puzzle, pensa Jean-Louis, et nous nous sommes reconnus, mais nous sommes deux éléments éloignés, deux pièces qui ne vont pas ensemble, dont les contours ne s'ajustent pas, mais qui appartiennent au même assemblage. Il nous reste à chercher patiemment toutes les autres pièces que l'un par l'autre, nous avons devinées. »

Dès cet instant, Margaret cessait d'être imaginable en tant qu'être physique, en tant que corps. Il ne restait d'elle que son enseignement.

Sans elle, Alcobaça n'eût pas marqué de progression. Sa méditation solitaire, devant les gisants, n'aurait fait qu'augmenter l'incompréhension du mystère. Sans Margaret Greenworth, le fantôme ironique de son père aurait fait encore un pas en arrière.

Il ne fit que traverser Paris pour aller jusqu'au train qui, dans la nuit, l'amena à Saint-Chamond où il débarqua par une de ces aubes humides, habituelles au climat de cette région.

La poinçonneuse de billets le reconnut et aida Émile, les yeux gonflés de sommeil, à charger les valises dans la voiture de l'usine.

Revenant aux Cèdres après un mois d'absence, il n'était pas l'homme qui va retrouver ses habitudes, son cadre familier, ses souvenirs ; il lui sembla qu'il allait au-devant de quelque chose de neuf et d'étranger. Certes, rien n'avait changé du paysage entre la gare et la propriété des Malterre. Le mur, le portail aux barres tarabiscotées, les grands arbres, l'allée de tilleuls, le perron étaient tels qu'il les connaissait depuis l'enfance, mais leur vue n'éveillait pas les mêmes images en lui. Il avait le sentiment de les voir à travers d'étranges lunettes et cela venait de ce que la modification était en lui et non pas dans l'aspect des choses.

Émile, en quelques phrases, lui expliqua que tout allait bien, tant à la villa qu'à l'usine, puis il s'informa de son voyage.

– Excellent, répondit Jean-Louis, et ce fut tout.

Aux Cèdres tout le monde dormait encore. Il gagna sa chambre et fit une minutieuse toilette. Autour du petit déjeuner, il retrouva sa mère et sa sœur. Les deux femmes lui parurent presque gaies.

« Est-ce la joie de me revoir ? pensa-t-il avec étonnement, ou est-ce le temps qui, déjà, comble le vide laissé par la mort de mon père ? »

Il trouva sa mère plus jolie.

– Tu as l'air d'être notre sœur aînée, dit-il.

Et il fut stupéfait de constater que ce compliment mettait Camille dans une véritable euphorie.

– Vraiment ? dit-elle, avec un sourire où il y avait de la malice et une sorte de satisfaction.

Puis elle se leva et à pas rapides, en faisant froufrouter une robe de soie mauve qu'il ne lui connaissait pas, elle quitta le salon. Il l'entendit monter l'escalier avec vivacité, comme quelqu'un qui prend plaisir au jeu nerveux des muscles et à l'obéissance parfaite de son corps.

Agnès, qui beurrait un toast, leva la tête et remarqua la surprise de Jean-Louis.

– Maman va mieux, dit-elle, beaucoup mieux.

– Je vois, répondit Jean-Louis, avec une sorte d'amertume.

Plus tard, quand il revit sa mère, il constata plus nettement combien elle s'était transformée. Il avait laissé une veuve soumise à son deuil, silencieuse et douce, il retrouvait une jolie femme dans l'éclat d'une saine maturité.

Il apprit très vite que le notaire de la famille, Me Settier, successeur de Mes de Noés père et fils qui avaient vendu les Cèdres au grand-père Malterre, était venu souvent à la maison en son absence pour préparer la succession de Louis Malterre. Le travail n'avait pas avancé beaucoup car, sans Jean-Louis, aucune décision ne pouvait être prise, mais Camille avait eu de longs tête-à-tête avec l'homme de loi.

Jean-Louis, comme son père, n'aimait pas Me Settier. C'était d'ailleurs une antipathie inexpliquée car le notaire assurait au mieux les intérêts de la famille et travaillait discrètement à la satisfaction de tous. Au physique, il passait pour l'homme le plus séduisant de la ville.

Le confort de son célibat, qu'il abritait dans un vieil hôtel particulier richement meublé en Chippendale, avait incité nombre de bourgeois, ses clients, à lui présenter leurs filles à marier. Me Settier, sans être dupe, acceptait les invitations et réussissait généralement en peu de temps, si elle lui plaisait, à séduire la maîtresse de maison, qui avait un moment pensé à faire de lui son gendre.

Le charme du notaire était soigneusement entretenu et souligné par une élégance de bon ton. Tout le monde savait que ses deux séjours annuels à Londres étaient plus motivés par les essayages prévus chez un tailleur de Bond Street, que par les visites qu'il était censé rendre à des amis de guerre.

Sans être grand, Me Settier avait de la prestance, un visage noble sans une ride, des yeux bleus très vifs dont il jouait admirablement, un nez mince et surtout une étonnante chevelure argentée qui lui était venue dès la trentaine. Il avait quelque chose du diplomate titré et du *clergyman* mondain.

Il ne parlait jamais qu'un ton au-dessous de la normale, d'une voix chaude qu'il semblait contenir, comme s'il eût été vaniteux d'en laisser paraître toute la sonorité. Il s'appliquait à ne pas faire de gestes, mais son attitude était sans raideur, d'une parfaite aisance. Il se contentait de sourire quand les autres riaient et personne ne pouvait se vanter de l'avoir entendu participer à une conversation où l'on risquait de médire d'un de ses contemporains.

Sa bibliothèque, d'une richesse incomparable, ne renfermait pas un seul roman, mais des mémoires qu'il collectionnait comme s'il avait eu l'intention d'écrire un jour l'histoire du monde à travers les confidences des grands hommes.

Les romans, Me Settier se contentait de les vivre. Ses liaisons et ses aventures étaient nombreuses, mais jamais une seule femme n'avait franchi le seuil de son appartement où régnait une vieille gouvernante acariâtre.

Le rez-de-chaussée de son hôtel était réservé à l'étude, où clercs et secrétaires subissant le charme du patron travaillaient dans une atmosphère ouatée et silencieuse. Le calme et la maîtrise de Me Settier s'étaient communiqués comme une maladie à ses collaborateurs qui, avec plus ou moins de bonheur, imitaient le patron. Cette ambiance, cette distinction étudiées conféraient à l'étude de Me Settier une réputation de sérieux inaltérable et il était dit par la ville qu'une affaire dont le notaire n'avait pas voulu s'occuper était une affaire véreuse.

On le croyait avare parce qu'il ne possédait pas d'automobile et se contentait, à l'occasion, des services d'un loueur ou d'un taxi, à moins que ses clients ne mettent à sa disposition voiture et chauffeur, quand ils requéraient ses services.

Parmi les principes de Me Settier, il en était un qu'il observait scrupuleusement : ne jamais faire de frasque dans le département. Aussi prenait-il ses distractions et jouissait-il de ses maîtresses hors des frontières de la Loire, à Lyon, où il possédait, affirmaient certains, une garçonnière, dans une des rues grises du quartier d'Ainay.

Camille Malterre avait toujours plu à Me Settier. Elle était jolie, son âge se situait dans cette période de la vie où les femmes ont de la douceur dans le refus et de la fougue dans l'abandon. Il avait deviné, la première fois qu'il l'avait vue, qu'elle ne devait rien connaître de l'amour, qu'elle vivait au côté de Louis Malterre comme une châtelaine attachée par tradition de fidélité à son maître et seigneur de qui elle n'attendait rien de plus que le nom et l'anneau qu'il lui avait donnés. Me Settier n'aimait ni les jolies femmes ni les bourgeoises dévergondées. Camille avait de la fraîcheur et de l'innocence : on pouvait espérer d'elle une passion mesurée et certains appétits de découverte.

Il vint sonner à la grille des Cèdres peu après que Camille se fut remise à son piano. Elle l'accueillit chaleureusement. Après l'évocation aimable du souvenir de l'industriel disparu, Georges Settier fit compliment à Camille du courage avec lequel elle acceptait, si jeune, cette solitude.

Elle ne dit mot. Il se hasarda à déclarer que son charme n'avait pas été affecté par le deuil. Elle remercia d'un sourire éclatant et le notaire encouragé finit par assurer qu'il ne l'avait jamais vue aussi jolie. Elle rougit de satisfaction.

Habitué aux femmes, Me Settier vit que l'espoir de conquérir Camille lui était permis et commença à parler succession en ayant envie d'aller tout de suite plus loin, de dire par exemple que la solitude était accablante... Mais il se contint, à la fois par élégance, et par une sorte d'épicurisme qui lui faisait entrevoir que les plaisirs à venir valaient certainement l'abandon de ceux du moment.

Ce jour-là, il avait apporté un dossier que Camille refusa de voir. Après le thé, elle l'invita à revenir la semaine suivante.

Il finit par se présenter deux fois par semaine, avec ce même dossier qui ne fut qu'entrouvert. Par un mercredi pluvieux, quelques jours avant le retour de Jean-Louis, il sentit que l'instant était venu de pousser l'attaque. Il était vraiment amoureux de Camille.

Cela se passait dans un boudoir du rez-de-chaussée où Camille se tenait habituellement. Georges Settier, dans un fauteuil bas à volant, dégustait une vieille fine servie après le café. Camille lui faisait face, sur un canapé, les coudes sur les genoux, la tête dans les mains avec un air de petite fille attentive.

Me Settier pensa qu'il ne convenait plus de marivauder, mais d'agir. Il fit le tour de la table basse, laque noir japonais, et vint s'asseoir près de Camille. Il lui prit l'épaule et doucement attira sa tête contre sa joue et de sa voix inimitable et infaillible, il dit son nom :

– Camille...

Ils restèrent ainsi un moment tandis que Georges Settier essayait de comprendre le sens des dessins de la table japonaise, puis, doucement, sa main si soignée remonta jusqu'au menton de Camille, lui releva la tête et quand elle lui fit face, Me Settier plaça son deuxième argument, son regard qui, pensa-t-il, devait refléter une parfaite et accueillante douceur, quelque chose comme l'éclat voilé mais insistant de la lampe qui veille dans une chapelle sombre, ou comme l'attrait d'un edelweiss sur la neige. Il vit alors que Camille avait les yeux pleins de larmes, que sa lèvre tremblait comme le bord charnu d'un pétale. Elle eut un sourire qui le bouleversa et lui fit oublier les règles de sa tactique.

– Vous êtes gentil, dit-elle, et sans contrainte elle se rapprocha de lui.

– Je vous aime depuis longtemps, articula Georges Settier. Votre image m'a tenu de longs moments hors de mes préoccupations, maintenant je crois avoir le droit de vous le dire.

La main de Camille lui caressa la joue. Cette main était tiède et d'une moiteur parfumée. Quand Camille tourna à nouveau son visage vers lui, il l'embrassa longuement.

« Elle embrasse comme une petite fille », pensa-t-il, et l'instant d'après, il l'attira plus près de lui en la renversant contre le dossier du canapé.

Camille avait le souffle court. Sa poitrine palpitait d'étrange façon. Elle était incapable de parler et quand Georges introduisit sa main dans l'échancrure de sa robe, elle prit à deux mains le bras du notaire, le serra sans le repousser. Ce fut son seul mouvement de réticence, ce petit baroud de l'honneur féminin, qui n'est pas une défense mais une réplique classique du dialogue des désirs qui se reconnaissent.

Quand, plus tard, étonné par la grâce de ce corps de femme qui approchait la cinquantaine, il effleura ses genoux et en vint aux caresses plus insistantes, elle se redressa et le rouge envahit ses joues. Une image traversa sa pensée : celle de la bergère qui se défend, sous une tonnelle, des tendres assauts d'un voyageur impatient, et qu'elle avait vu en frontispice sur un recueil de mélodies.

– Non, dit-elle, pas ici, c'est le boudoir.

D'un geste machinal, Me Settier rétablit la cambrure de sa cravate et se retint d'épousseter d'un revers de main le haut de sa manche où étaient restées quelques poussières de fard.

« Il va falloir l'emmener à Lyon », pensait-il.

Et son désir était tel de cette femme, qu'il eût été prêt à renier sur l'heure ses prudents principes.

C'est alors que Camille, avec une charmante impudeur qui n'était que le cri de la femme redoutant d'être frustrée de l'étreinte attendue, lui prit la main, se leva, avec dans les yeux un appel où passait toute l'avide curiosité d'une passion possible.

– Venez, pas ici, mais au premier étage...

Georges Settier eut un mouvement de recul, l'envie de fuir, de renoncer à l'aventure, mais Camille était devant lui, les mains tendues, déjà offerte. Il se souvint en un éclair de toutes les soirées, quand rentré chez lui, après l'avoir croisée dans la rue ou rencontrée dans un salon, il imaginait ce qu'elle devait être dans l'abandon de l'amour.

Et puis, dans cette possession prévue maintenant, il y avait une sorte de vengeance de son orgueil de tabellion, de cette antipathie que lui avait toujours inspirée Louis Malterre, dont le charme sans apprêt aurait pu faire de lui un rival, s'il s'était mêlé de mondanité. Il y avait aussi la secrète sensation d'un aboutissement à sa carrière amoureuse, et peut-être enfin l'espoir de ce qu'il avait inconsciemment désiré, à travers le jeu furtif des baisers et des rendez-vous : la possession d'une femme qu'il n'aurait pas envie d'oublier.

En montant l'escalier, Camille avait des pensées bien différentes. Elle n'était plus Camille Malterre.

Elle se vengeait d'elle-même, du long refus de vivre qui avait été son existence. Peut-être allait-elle se conduire comme une fille sous son propre toit. Comme ces joueurs naïfs et simples dont on pipe les dés et qui découvrent, longtemps après, la tricherie, elle relançait son atout en découvrant qu'elle était faite pour aimer et être aimée.

Elle n'avait plus d'âge, plus de principes, elle refusait les conventions. Elle avait peur aussi, comme on a peur quand après une longue maladie on redoute le reflet du miroir.

Au premier, elle ouvrit la chambre d'amis, voisine de celle où, quelques mois auparavant, son mari était mort.

Ils y restèrent deux heures, comme des amants de commencement du monde. Agnès était sortie pour la soirée, les domestiques se trouvaient dispersés par le congé hebdomadaire. Il leur fallut longtemps pour se séparer au seuil de la chambre.

Le maquillage de Camille avait fondu sous les baisers, ses cheveux blonds croulaient sur ses épaules. Georges Settier avait noué sa cravate de travers et pour la première fois de sa vie ne s'en préoccupait pas.

Leurs yeux se disaient par-dessus les mots d'au revoir qu'ils avaient été comblés. En traversant le parc, sous les tilleuls, il se retourna : une fenêtre venait de s'allumer. Camille avait regagné sa chambre, heureuse et exténuée.

« Je ne pourrai pas l'épouser avant six mois », se dit Me Settier.

Il s'en fallut d'une minute et d'un caprice du destin qu'il ne croise Agnès remontant à grandes enjambées le chemin des Cèdres, humiliée par le désir rustique du forgeur Félicien Barrot.

Jean-Louis ne devait apprendre que beaucoup plus tard la liaison de sa mère avec Georges Settier et la crise de conscience d'Agnès, dont la vocation de Pasionaria s'était éteinte.

Les premiers jours qui suivirent son retour lui apportèrent beaucoup de préoccupations. À l'usine, parce qu'il avait négligé quelque temps de visiter les clients importants, le carnet de commandes ne s'était pas augmenté d'un seul marché depuis la mort de son père et il dut envisager de diminuer le nombre des heures supplémentaires.

Immédiatement, les ouvriers réagirent et envoyèrent leurs délégués à Jean-Louis.

Il y eut de longues discussions qu'il dirigea comme l'eût fait son père avec fermeté et confiance. Ses interlocuteurs qui saisissaient l'occasion de « tâter » le nouveau patron se retirèrent convaincus qu'ils n'obtiendraient pas du fils ce que le père n'aurait pas donné, mais qu'ils pouvaient conserver la même assurance dans l'équité du chef.

Jean-Louis convoqua les agents généraux de l'entreprise, passa une quinzaine de jours à Paris à offrir des déjeuners et conclut plusieurs marchés qui assuraient pour longtemps l'activité de l'usine. Ses journées retrouvèrent le rythme routinier que Louis Malterre avait imposé. Il put enfin penser sérieusement au voyage en Italie.

C'est alors qu'il allait aux mêmes heures de la villa à l'usine qu'il découvrit quel devait être en fait le vide de l'existence de son père. Maintenant qu'il occupait sa place, qu'il agissait comme il l'avait vu agir, qu'il supportait les mêmes responsabilités, que son temps se dépensait dans des limites identiques, il constatait que l'usine ne suffisait pas à remplir l'univers de ses possibilités, ni à occuper toutes ses pensées.

Jean-Louis se posa longtemps la question de savoir si Louis Malterre avait eu une vie intérieure intense et quelle pouvait être son orientation. Le poème sur les tombeaux d'Alcobaça devait être une œuvre de jeunesse ; en avait-il écrit d'autres ? Le mysticisme et la sensibilité que les vers traduisaient avaient-ils été durables ? Rien ne venait le prouver.

Certes, Louis Malterre s'enfermait souvent dans la serre aux orchidées. Jean-Louis s'y enferma et se mit à examiner chaque fleur, chaque plante en évitant de penser à autre chose qu'au luxe de cette vie végétale dont l'exubérance paraissait inquiétante et anachronique au profane habitué aux plantes et aux fleurs communes.

Répandues dans la serre, dont Émile depuis la mort du maître continuait à surveiller la température, les tubéreuses aux contorsions étranges, aux pétales en forme de langues avides, parées de feuilles de tulle ou de feutre, dont Jean-Louis ne pouvait jamais retenir les noms compliqués, ressemblaient à des femmes de harem épanouies dans leurs beautés diverses, toutes uniques et solitaires, exilées dans leur orgueil d'étrangères, comme de belles esclaves au cœur insoumis, attendant sans le souhaiter le désir d'un prince oublieux.

Dans la vie de Louis Malterre, ces fleurs prisonnières jouèrent un rôle, leur présence eut sa raison d'être. Lui servirent-elles à fixer toutes les pensées incontrôlables ?

Penché sur les corolles ouvertes, Jean-Louis se convainquit peu à peu que la serre aux orchidées devait être pour son père comme une chapelle où s'exprimait une religion du futile, créée par le besoin d'un mythe nécessaire, remplaçant tout à la fois ce qui chez un homme ordinaire correspond à la partie de billard ou de cartes.

Froidement, Louis Malterre avait dû s'imposer l'habitude de venir dans la serre chaque jour. Il s'était fabriqué de toutes pièces sa passion comme s'il essayait par là de s'inclure dans les normes de sa société. Et puis, ce genre de préoccupation lui permettait la solitude en même temps qu'elle lui fournissait l'intéressante et facile fascination de la vie, tout en sauvegardant indépendance et autorité.

Car ni sa femme ni sa fille n'étaient pour l'industriel des pôles d'intérêt. Une indifférence courtoise présidait aux rapports de cette famille. Tant que personne ne s'avisait de sortir des normes définies par la tradition familiale, les actes des uns et des autres restaient ignorés. On jouait, aux dîners et aux déjeuners, le jeu de la famille qui dîne ou déjeune.

« On se croirait dans une pension de famille où il n'y aurait que des gens bien élevés », avait pensé un jour Jean-Louis. Et il en était ainsi par la volonté du maître qu'on aurait pu prendre à certains moments pour un être venu d'un autre pays, installé dans le provisoire.

Aimait-il les siens, cet homme qui accomplissait tous les actes de son devoir familial et professionnel sans paraître engagé nulle part ? Jean-Louis savait confusément que son père devait l'aimer plus que les autres, mais il n'était pas sûr qu'à son côté il n'apparaissait pas comme une habitude, comme une partie du décor conventionnel de la vie, que Louis Malterre avait choisie comme d'autres choisissent un meuble ou un chapeau qu'il est de bon ton de posséder.

Les fleurs rares dans la fixité de leurs pistils audacieux, comme une assemblée de juges tout-puissants, ne semblaient pas contredire ses pensées. Sous la voûte opaque de la serre pareille à un caveau de verre, dont l'allée centrale semblait préparée pour accueillir, entre deux escaliers de reposoirs, un cercueil imaginaire, le jeune homme se souvenait d'avoir vu son père. Une fois ou deux seulement, il l'avait accompagné, quand une nouvelle plante venait d'arriver, et que le jardinier terminait sa mise en place. Louis Malterre, les mains dans les poches de son veston, raide et attentif, détaillait les caractéristiques, l'origine, non pas seulement comme un collectionneur, mais comme un officier définissant les mérites et les défauts d'une nouvelle recrue. « Elles vivent, elles sont belles, elles se taisent, disait-il, une humanité végétale, voilà ce qu'elles sont, uniquement préoccupées d'air, de lumière et d'eau. La sagesse primitive est en elle, immuable et renouvelée. »

Une autre fois, il avait observé son père une loupe à la main examinant un long moment la profondeur d'une corolle, comme s'il guettait un signe à lui destiné, et il eût vu, peut-être sans étonnement, s'établir un dialogue entre la fleur couleur de chair écorchée et l'homme figé. À cet instant, seule la plante, gracieuse princesse végétale, paraissait vivante, face à cette momie vêtue de laine qu'était l'homme.

Et soudain, dans l'atmosphère alourdie par la chaleur humide qui maintenait en suspension les haleines odorantes de tous ces corps verts, secs ou charnus, Jean-Louis eut une atroce hallucination.

Un caladium du Bosphore, dont la corolle ressemblait à un col empesé, fit un signe et toutes les plantes parurent se déployer, grandirent jusqu'à toucher la voûte. Leurs tiges velues ou diaphanes eurent des ondulations, comme si un rire intérieur les parcourait ; les feuilles devinrent des bras menaçants en forme de lances, de dards, de sabres larges ou de yatagans. Il avait profané un temple dédié à une divinité de chair verte, un cypripédium béant de fureur dressa, comme un monstrueux dauphin, un échinopsis sanguinolent, devant qui il fallait immoler l'infidèle et jeter son corps en pâture à la plante carnivore, parcourue de soubresauts hystériques devant la proie promise.

Jean-Louis chancela, fit un pas en arrière. Son coude heurta un pot de grès dans lequel palpitait une orchidée bleue à la grâce maladive. Le pot se brisa en tombant sur le ciment et la vision d'enfer se dissipa brusquement. L'orchidée décapitée, flétrie en une seconde, gisait à ses pieds. Ramené à la réalité, il se baissa, ramassa la plaquette de bois jaune retenue par un fil de fer à l'un des débris du pot et quitta la serre avec de douloureux battements dans les tempes.

Le lendemain, en descendant à l'usine il prévint Émile qu'il aurait à nettoyer la serre où il avait brisé un pot contenant une orchidée.

– Je sais, dit le chauffeur, j'y suis allé ce matin. C'était la fleur que préférait votre père. Elle venait d'Italie.

Dans l'après-midi, au bureau, la phrase du jardinier lui revint à la mémoire. Ainsi, elle venait d'Italie cette orchidée qui, à ses yeux, n'avait rien de remarquable, sinon peut-être, il s'en souvenait, les taches bleues de ses pétales et la dentelle d'un bleu plus soutenu qui bordait sa bambelle.

Émile avait dit : « Elle venait d'Italie », comme si la provenance de la fleur ajoutait à sa valeur ou lui conférait un prix particulier. Comme si Louis Malterre y avait tenu spécialement à cause de son origine italienne.

Il se souvint aussi de la plaquette de bois ramassée dans la serre après la chute de la plante. Elle était encore dans sa poche. Sous la lampe de bureau, il déchiffra avec difficulté l'écriture à demi effacée – celle de l'horticulteur sans doute – qui avait tracé à l'encre violette « *Orch. Anna Batesti. Firenze.* »

Le nom de la fleur retint son attention. Il éveillait en lui une vague connaissance. Il lui sembla qu'il l'avait déjà lu, que sa mémoire l'avait enregistré sans toutefois pouvoir y rattacher une chose ou un fait précis. Il allait abandonner quand le souvenir de la facture du sculpteur siennois trouvée dans les papiers de son père s'imposa : « ... *sulla tomba della signorina Batesti...* » C'était bien le même nom précédé cette fois d'un prénom, celui de cette morte peut-être. Et peut-être n'était-ce pas une coïncidence...

Il questionna le jardinier pour savoir quand son père s'était intéressé à ces fleurs...

– Il y a bien longtemps, ce devait être en 25 ou 26, je ne m'en souviens plus, on se fait vieux, lui répondit Émile.

Aux Cèdres, il traversa le hall sans entrer dans le salon d'où lui parvenait le bruit d'une conversation. Il pensa que le notaire était venu bavarder avec sa mère et monta jusqu'à sa chambre directement. Il voulait tout de suite vérifier une date : celle de la facture du marbrier italien, sans envisager la moindre déduction possible, sans même savoir pourquoi il y mettait tant d'empressement. Plus tard, en pensant à ce jour-là, il fut tout près d'admettre qu'une intuition avait inconsciemment guidé sa pensée et ses actes.

La facture était datée : octobre 1926 ; « les années 25 ou 26 », avait dit Émile. Que s'était-il passé à cette époque dans la vie de son père, qui n'avait épousé Camille qu'en 1927 ? Était-ce une nouvelle piste vers la connaissance de l'homme qui le hantait, six mois après sa mort, que le hasard d'une maladresse et d'un étourdissement dans la serre surchauffée lui apportait ?

Le tombeau d'Inés de Castro lui avait dénoncé la présence d'un mystère dans l'existence trop unie et trop sincère de Louis Malterre ; une fleur et une facture pour un tombeau lointain qui, insolitement, avait été payé par son père, apporteraient-elles plus de cohérence à sa patiente possession du seul patrimoine qui lui importât réellement ?

Ce soir-là, il décida qu'à la fin de l'hiver il irait à Sienne. Ce n'est que lorsque cette décision fut arrêtée qu'il put s'endormir.

DEUXIÈME PARTIE

LA QUÊTE

1.

Arriver à Sienne, un soir de mars, sur le coup de dix heures, c'est débarquer dans une ville qui a encore les yeux grands ouverts. Les Siennois ne sont pas gens à se coucher tôt. Ils flânent l'été sur le Campo ou dans la Via della Città pour se frotter aux touristes. L'hiver, ils aiment parcourir leurs ruelles dallées, où le jeu des courants d'air met parfois une atmosphère glaciale.

Mais c'est par les soirs de printemps qu'ils ont le plus de plaisir à se promener dans le parc de pierre qu'est Sienne chevauchant ses trois collines entre l'Orbia et l'Elsa.

Quand le premier soleil a léché les vieilles briques de la tour Mangia et caressé d'un rayon le marbre zébré de la cathédrale, le souvenir des jours frileux disparaît et les femmes retournent à la Fontebranda faire la lessive.

Après le travail, les étudiants et les étudiantes, les employés et les bourgeois se croisent, passant des lumières plates des vitrines à la pénombre des carrefours à lanternes, que traversent dans un bourdonnement de guêpes métalliques les *scooters*.

Quand Jean-Louis sortit de la gare, il connaissait déjà Sienne par l'intermédiaire d'un moine rencontré dans le train qui l'amenait de Rome. Il avait deviné confusément qu'il y avait un code spécial des convenances pour bien se conduire dans cette ville toscane, code qu'il faudrait apprendre sous peine d'être considéré comme un touriste sauvage, plus redoutable encore parce que venu, hors saison, se mêler à la vie de la cité.

Le taxi qui lui parut ne pas avancer plus vite que les piétons à travers une succession de rues en pente, étroites et parfois tracées comme des chemins de ronde, le déposa devant son hôtel, près de la porte Due, en haut de la ville. Il confondit les lires et les francs et donna un pourboire exagéré. Le chauffeur descendit de son siège, ôta sa casquette, daigna même porter la valise jusqu'à la porte et tirer une poignée de cuivre.

La voiture ayant fait demi-tour, Jean-Louis attendit un certain temps. Le Palazzo n'avait rien d'un hôtel ordinaire. Tout d'abord, il était sombre et silencieux, comme ces hautes maisons de brique qu'il avait aperçues au long des ruelles et l'enseigne se résumait à une plaque de cuivre apposée à hauteur d'homme.

Enfin, la porte s'ouvrit, et apparut un domestique portant une sorte de dolman blanc à col officier, rehaussé d'épaulettes et de boutons d'or, comme en arboraient les colonels du tsar, en petite tenue.

– *Signor Malterro ?* interrogea l'homme.

Jean-Louis acquiesça et fut invité à suivre le maître d'hôtel qui avait italianisé instantanément son nom, comme pour lui démontrer qu'à Sienne, il ne convenait pas de jouer à l'étranger, hors du temps du Palio.

Sa chambre lui plut tout de suite. C'était une vaste pièce coupée en deux par une sorte d'arcade soutenue par des colonnettes de marbre rose. Audessus du lit, large et trapu comme un coffre plat surabondamment sculpté, une fresque aux teintes adoucies ornait le plafond. Les fenêtres doubles étaient parées de vitraux colorés et un tapis blanc de haute laine tranchait sur le dallage de marbre noir, où Jean-Louis avait glissé dès le premier pas.

Par une voûte on pénétrait en ouvrant une énorme porte à gonds forgés dans une salle de bains inattendue, sous un éclairage fluorescent à la dernière mode. Deux fauteuils recouverts de tapisserie, dotés de hauts dossiers et d'accoudoirs sculptés, complétaient, avec une petite table dans le même style et quelques chaises, le mobilier de la chambre. Un coffre très ancien servait de banquette et des appliques en forme de torchères répandaient tout autour de la pièce une lumière douce. Les murs étaient enduits à la chaux et des tableaux prenaient toute leur valeur sur cette blancheur qui ne donnait pas l'aspect d'une nudité, mais d'une sobriété cossue.

Le Palazzo était l'ancien palais d'une grande famille siennoise. Il était tel qu'on aurait pu le voir cinq siècles plus tôt. Salle de bains et éclairages mis à part, rien n'avait été sacrifié à l'idée moderne qu'on se fait du confort.

La comtesse Crocci, propriétaire du Palazzo qui appartenait à sa famille depuis six siècles, avait dû se résoudre, pour pouvoir entretenir le bâtiment et payer ses impôts, à le transformer en hôtel. Elle n'y recevait que des clients recommandés par des amis, mais tout nouveau client dûment parrainé avait la possibilité de devenir un ami.

Parce qu'elle voulait donner à ses locataires l'impression qu'ils étaient des invités, la comtesse s'était refusée à signaler l'hôtel par une véritable enseigne. Pour pénétrer au Palazzo, il fallait sonner et le client, à moins qu'il n'arrivât de nuit, comme Jean-Louis, était tout d'abord présenté à l'hôtesse qui le conviait, quelle que soit l'heure, à prendre un porto dans son salon, tandis qu'on montait ses bagages.

Dès le lendemain, au petit déjeuner, la sensation d'être convié à un séjour chez quelque prince, respectueux du repos et de l'indépendance de ses invités, se précisait. La femme de chambre ne parlait qu'italien, servait et desservait en glissant sur les dallages et apparaissait au premier coup de sonnette comme si elle eût été au service d'un seul maître.

Après une nuit calme, Jean-Louis ouvrit les yeux et regarda le réveil de voyage qu'il avait posé à la tête du lit. Il marquait 9 h 30. Le jeune homme savourait son bien-être, pensant qu'il y avait des années qu'il ne s'était éveillé aussi tard. Un silence total, un peu monastique, aurait pu laisser croire que les habitants de cette maison illustre avaient fui ou qu'ils étaient de pierre.

Il sonna pour que la femme de chambre vienne ouvrir les volets et tirer les rideaux. C'était une petite vieille sèche ; elle murmura une formule de politesse incompréhensible. Jean-Louis lui désigna les fenêtres. Quand elle disparut, le soleil entrait en triomphateur ironique dans la chambre. Au plafond, au-dessus du lit, des Amours dodus continuaient leur immobile poursuite parmi les fleurs.

Jean-Louis imagina qu'il était un jeune seigneur

siennois de la Renaissance s'éveillant et cherchant dans la fresque aux Amours un sens aux occupations de la journée commençante. Il pensait que des levrettes blanches devaient se trouver là, allongées au pied du lit, et qu'un valet à collerette de dentelle, à pourpoint rouge et or, allait lui tendre une chemise de linon parfumé.

Comme pour entrer dans le jeu de son imagination, la soubrette revint portant un immense plateau d'argent où trônait une cafetière ancienne, au milieu d'une vaisselle de porcelaine aux armes des Crocci. Devant la fenêtre ouverte, il croqua les toasts tièdes pliés un à un dans des toiles légères comme de la batiste, en regardant sur les remparts, par-delà le jardin en pente, une escouade de fantassins manœuvrer sous les ordres d'un officier gesticulant.

Au loin, sur le moutonnement inégal des collines toscanes qui inspirèrent Dante, un carré de cyprès entourait un cimetière. Jean-Louis pensa qu'il devrait aller jusque là-bas pour avoir une explication de la facture découverte dans la chambre paternelle.

Alors qu'au Portugal, il avait cherché avec une sorte de fièvre mystique et une grande crainte d'être déçu à retrouver l'émotion secrète du poème, ici, en Italie où devait se cacher la dernière chance d'explication, tout lui paraissait conforme à on ne sait quel destin. Son inquiétude paraissait fondre dans le soleil, les crispations dramatiques de son esprit ne venaient plus troubler la jouissance primitive qu'il ressentait. La vue du cimetière venait de lui rappeler qu'il n'était pas un dilettante accomplissant son voyage d'Italie, mais il sentait confusément que se presser d'enquêter ne ferait pas avancer les choses.

Il mit longtemps à faire sa toilette et à s'habiller. Il s'offrit le luxe plaisant de choisir minutieusement une cravate et, quand il fut prêt à sortir, demeura encore un moment à fumer devant la fenêtre ouverte en ayant conscience de poser, un peu comme ces jeunes premiers qui ont l'air de méditer en attendant que la scène suivante leur apporte un message du destin qui va susciter un drame ou une comédie.

La comtesse l'attendait dans le hall. Le docteur Fernet, qui lui avait donné l'adresse du Palazzo et la recommandation indispensable pour être admis à y loger, l'avait prévenu : « Ne la traitez pas en hôtelière, elle serait vexée, mais ne soyez pas familier. Oubliez que vous avez une note à régler, traitez-la en douairière généreuse et tout ira bien. »

La comtesse fut charmante et l'invita à prendre le thé, en promettant de lui montrer le puits sinistre, où l'un de ses ancêtres avait laissé croupir dans l'eau jusqu'à mi-corps son épouse infidèle, pendant plusieurs années.

Il en profita pour demander l'adresse du marbrier Benedetti, dans le cas où il existerait encore. La comtesse secoua la tête avec une moue de reproche, ce qui mit en danger la grise architecture capillaire faite de bouclettes et de torsades qui lui tenait lieu de coiffure.

– À Sienne, tout est éternel, dit-elle, les familles et les métiers. Alfonso Benedetti ne travaille peut-être plus le marbre avec la volupté qu'y mettait son grand-père Armando, mais c'est un artiste tout de même. C'est un de ses ancêtres qui tailla dans un énorme bloc le caveau de ma famille. L'atelier est toujours dans la Via Torelli, vous le trouverez facilement.

Là-dessus, la comtesse tendit sa main à baiser et s'en fut, froufroutante, vers son salon.

Le soleil était déjà haut, dans un ciel d'une extrême pâleur où s'effilochaient d'étranges nuages linéaires, quand Jean-Louis s'engagea sous la porte Due pour descendre vers le Campo où stationnaient les taxis. Il fut frôlé à plusieurs reprises par des cyclistes acrobates et siffleurs qui semblaient faire confiance à un mystérieux équilibre empruntant ses compensations aux gestes désinvoltes, d'un bras balancé ou d'un pied posé sur le guidon.

Il faillit être douché par une femme dont il ne vit que la main brandissant un arrosoir de cuivre au-dessus d'un hortensia, au premier étage d'une maison sans porte. Plus loin, un gamin, soudain jailli d'une encoignure, le bouscula en lui criant une excuse ou une insulte, puis un carabinier, debout sur une minuscule estrade, au centre d'un carrefour de ruelles, lui expliqua que le « sémaphore » était là, plus pour les piétons que pour les voitures, et qu'il était conseillé aux *pedoni* de circuler *a sinistra*.

Quand il s'engagea sous une voûte obscure qui débouchait sur le Campo, un étrange sentiment de culpabilité s'était installé en lui, comme s'il avait conscience d'avoir pénétré sur une scène où se donnait une pièce dans laquelle aucun rôle n'avait été prévu pour lui.

Il aboutissait enfin au cœur de la ville sur cette place en forme de coquille Saint-Jacques, que les Siennois, quelques Italiens et tous les amateurs d'architecture médiévale disent la plus belle du monde.

La pente de la ville entraîne vers le Campo ; les promeneurs y arrivent comme doivent y aboutir les eaux d'orage. Il cessa de penser aux raisons de son voyage à Sienne, tout entier livré au charme de ce décor. Le dessin du Campo est sans rigidité. Il serait vain de vouloir l'inscrire dans une forme géométrique. Seule la coquille Saint-Jacques peut en offrir une vraisemblable reproduction. Jean-Louis se souvint d'avoir lu quelque part que le président de Brosses, dans ses *Lettres familières écrites d'Italie*, croyait que l'on pouvait remplir le Campo avec les eaux de la fontaine Gaia et que l'on s'y promenait en bateau. Il traversa la place et des pigeons quêteurs de graines le suivirent jusqu'à la station de taxis.

Il était près de midi quand Jean-Louis descendit de la Fiat dans la Via Torelli. Derrière un portail se profilaient des monuments funéraires, des statues et des blocs de marbre et de pierre. Il poussa la grille et Alfonso Benedetti vint à lui avec le sourire.

On remarquait tout de suite les mains d'Alfonso Benedetti. C'était un homme petit et mince qui trottinait, les fesses serrées comme tous les Toscans. Il paraissait presque frêle mais ses mains semblaient appartenir à un autre qui eût été grand et fort.

Jean-Louis ne savait comment engager la conversation. Au sourire d'Alfonso qui le prenait peut-être pour un client, il répondit en s'excusant :

– Je ne parle pas italien.

– Ça n'est rien, dit Alfonso élargissant son sourire, moi je parle français. Je l'ai appris avec mon père et un ami, à Florence.

Ravi de constater que tout serait peut-être plus simple qu'il n'escomptait, Jean-Louis enchaîna :

– Je ne suis pas venu pour commander un monument, mais pour un simple renseignement.

– Dites, fit Alfonso.

– Eh bien, j'aimerais savoir si cette facture vous rappelle quelque chose...

Il tendit le papier à en-tête trouvé dans le bureau de son père.

Alfonso le prit dans ses énormes mains grises de poussière de pierre et lut attentivement en prononçant chaque mot.

– Ça, dit-il, c'est l'écriture de mon père. Il est mort il y a neuf ans. J'étais encore à Carrare à l'apprentissage du marbre. C'est un des derniers tombeaux qu'il ait faits. Parce que vous savez, maintenant, les gens ont perdu le goût des beaux monuments funéraires. Ils ne veulent que des dalles toutes plates, avec des croix. Il y en a même qui préfèrent des plaques de verre gravé, plantées droites. Ce monument, ce caveau, je m'en souviens, c'est une merveille. Mon père m'a dit quand il me l'a montré que ce serait le nouveau style plus sobre que l'ancien, que c'est ça que je devrais faire pour la clientèle, que l'artiste devait guider la mode du temps, mais non la subir, qu'il devait la faire admettre, comprendre et traduire en artiste, le goût nouveau...

– Mais, interrompit Jean-Louis, je voudrais savoir qui lui avait commandé ce monument.

– Je pourrai vous le dire en regardant sur le livre qui est chez moi, parce que c'est l'archive de la famille depuis cinq siècles que nous autres Benedetti travaillons la pierre et le marbre. C'est le répertoire de nos ouvrages, pas un livre de comptes.

Et il eut un geste du revers de la main, pour montrer que les comptes ne méritaient pas qu'on les garde.

Le marbrier était bavard. Le soleil commençait à être chaud et, au milieu de ces blocs de marbre et de pierre, Jean-Louis laissait discourir Alfonso.

Enfin, il l'entendit proposer :

– Si vous voulez, je peux regarder ce soir, dans le livre, quand j'aurai les mains propres et puis, demain, si vous revenez, je vous dirai qui a commandé ce monument. En attendant, vous pouvez aller le voir au cimetière, il est dans le quartier des familles, au bout de l'allée de gauche, tout au fond du cimetière. C'est le deuxième à partir du mur.

Jean-Louis remercia, précisa qu'il reviendrait le lendemain à la même heure et se dirigea vers le cimetière. Le chauffeur du taxi, qui dormait, sa casquette sur les yeux, se redressa au grincement du portail.

– Voulez-vous lui expliquer qu'il doit m'attendre ? demanda Jean-Louis au marbrier.

Et celui-ci commença un nouveau discours italien avec l'homme assis au volant de la voiture.

Le cimetière de Sienne est, comme tous les cimetières italiens, propre, fleuri, ordonné, presque coquet. Les morts n'y paraissent pas vraiment morts. On les visite souvent, on va nettoyer les dalles funéraires presque toutes les semaines. En faisant leurs courses, les Siennoises y portent une fleur ; l'après-midi on se rend au cimetière au retour de la promenade. Pareils à des feux follets électriques, de minuscules lampes, simples flammes de verre dépoli ou somptueuses lanternes de fer forgé à facettes multicolores, brûlent jour et nuit sur les tombes, attestant une pensée permanente. Au crépuscule, l'effet de ces lumières fixes est assez surprenant, car chacune situe un être qui, ayant fini de vivre, tient sa place dans cette assemblée d'ampoules falotes. Le seuil de chaque tombe est ainsi éclairé comme si, dans l'attente d'une imminente résurrection, les morts exigeaient une veilleuse.

En avançant à travers les caveaux et les chapelles des grandes familles, Jean-Louis vit quelques monuments étonnants. Une locomotive fumante écrasait un homme, histoire d'un mort enterré là ; un énorme livre de pierre fermé, posé sur la tranche, orné d'une médaille de bronze, représentait un professeur moustachu qui avait su inspirer à ses élèves une grande admiration ; une petite fille assise jouait avec un chat.

Hors de l'ombre des cyprès plantés comme de grands pinceaux au long de l'allée centrale, on pouvait sentir déjà une sorte de tiédeur qui incitait à la marche lente. Jean-Louis croisa une femme qu'une fillette suivait en chantant et cela n'avait rien de choquant. On pouvait même penser que les morts eussent été satisfaits d'entendre le chant de la petite fille pour qui le cimetière ne devait être qu'un jardin un peu particulier.

Une sorte d'indolence avait envahi le fils de Louis Malterre, qui ne sentait soudain plus aucune nécessité de poursuivre son enquête. Il s'arrêta et regarda la ville.

Derrière ses remparts de brique rouge, tour à tour escaladant et dévalant les flancs des collines, après une zone de jardins ou de terrains nus, la vieille cité rivale de Florence révélait l'enchevêtrement de ses constructions. Les maisons étaient empilées, serrées, exhaussées, se soutenaient les unes les autres, sans aucun souci d'orientation, formant une masse confuse pareille à une énorme cristallisation d'où émergeaient des ocres, des roux, des gris, le campanile blanc à bandes noires de Saint-Martin.

Un grand moment, Jean-Louis demeura ainsi debout derrière le mur du cimetière qui, lui aussi, ressemblait au rempart d'une forteresse arrimée sur un mamelon, comme si les morts avaient voulu, par méfiance, se retirer dans un domaine séparé et protégé du monde vivant.

Enfin il se décida à marcher jusqu'au fond du cimetière où se trouvait la tombe dont son père, pour d'incompréhensibles raisons, avait payé l'érection.

En avançant vers le mur du fond, il se trouvait un peu ridicule, tant il prévoyait maintenant que l'explication qu'il était venu chercher là allait paraître simple et logique, sans rapport avec l'aventure portugaise. Le ciel toscan, la limpidité de l'atmosphère, la franchise de la lumière semblaient devoir tout simplifier, il en était sûr.

Il fit un dernier pas et sentit brutalement une horrible contraction à l'estomac qui faillit lui arracher un cri. Il était arrivé au bout de l'allée sans s'en apercevoir, il n'avait pas eu encore le réflexe de chercher le second monument à partir du mur que ses yeux irrésistiblement s'étaient fixés au milieu d'une inscription, pour lui incompréhensible, au faîte d'une dalle dressée, sur une harmonie de lettres familières, que le regard n'avait pu lire, mais que l'esprit, le cœur, les sens absorbaient en leur unité, comme s'il se fût agi d'un seul signe, son nom : MALTERRE.

Il s'écoula un long moment avant que le jeune homme puisse à nouveau obtenir que son cerveau fonctionne et se livre au calcul des déductions.

En faisant appel à tous ses souvenirs de latin il lut l'inscription : « Enlevée tragiquement à la vie et à l'amour des siens, Anna Batesti, épouse de Louis Malterre, attend le triomphe de l'esprit sur la chair. Elle avait vingt ans. »

Il relut dix fois, traduisit chaque mot jusqu'à ce que ne subsiste aucun doute. Son père, Louis Malterre, avait été marié à une Italienne morte à vingt ans. C'était incroyablement romanesque, presque inadmissible.

Quand il parvint à détacher son regard de son propre nom plaqué là, au milieu d'une phrase italienne, à des centaines de kilomètres de sa ville, dans un décor de sculptures étrangement veillées par des lumignons désuets, il regarda le caveau, œuvre d'Alfonso Benedetti.

C'était une large dalle rectangulaire, légèrement inclinée et partagée par une frise en diagonale. Dans un triangle ainsi formé, le corps voilé d'une femme reposait. La sculpture était parfaite. Les plis, doux et lourds, du linceul qui couvrait plus qu'il n'enveloppait le corps abandonné dans un sommeil confiant, le sommeil d'une jeune épousée qui dort de l'extase de l'amour, avaient une telle authenticité qu'on retenait difficilement le geste de curiosité qui eût dévoilé le visage.

Les veinures du marbre savamment utilisées ôtaient à la composition la rigidité de la pierre. La seule partie de ce corps demeurée apparente, par la volonté de l'artiste, était une main longue et souple, renversée, paume ouverte, d'une parfaite finesse. Les doigts légèrement relevés et tendus paraissaient prêts à saisir. Ils semblaient prolonger un éternel appel.

Jean-Louis s'était assis sur l'angle de la tombe d'en face, essayant de comprendre et s'enfonçant de plus en plus dans le mystère de ce père inimitable, qui lui avait réservé une révélation posthume que peu de fils doivent connaître. À cet instant, il pensa qu'il possédait seul ce secret, car il était certain que sa mère ignorait ce premier mariage de Louis Malterre, dont il n'était aux Cèdres qu'une seule trace : la facture de Benedetti, le sculpteur siennois. Cette pensée lui donna une sorte de satisfaction orgueilleuse. Il imagina que son père avait peut-être voulu laisser une énigme qui ne pouvait être résolue que par l'amour et la fidélité d'un fils.

Jean-Louis admettait volontiers que, sciemment, son père avait conservé à son intention deux indices minuscules capables de guider sa perspicacité et de la conduire vers une connaissance secrète : le poème d'Alcobaça et la facture de Sienne.

Désorienté, mais conscient d'être plus proche que jamais de son modèle inaltérable, Jean-Louis se souvint que le taxi l'attendait toujours. Il quitta le cimetière après avoir volé une anémone sur une tombe fraîchement fleurie pour la déposer, comme un gage de reconnaissance, dans la main de marbre d'Anna Batesti.

À l'hôtel, il ne put se résoudre à déjeuner et se réfugia dans sa chambre. Le soleil s'y était répandu et faisait luire les vieux meubles, dont la patine s'accommodait bien de quelques fentes et des traces – rayures, taches ou heurts – de plusieurs siècles de vie domestique. La fenêtre grande ouverte lui offrit la perspective du cimetière qu'il venait de quitter. Sur la colline d'en face, il paraissait lointain. Les plumets vert sombre des cyprès tranchaient sur la blancheur des tombes et l'ocre des terres, à flanc de colline, où l'argent des oliviers et le rose timide des premiers amandiers en fleur ajoutaient un relief subtil de nuances.

Tout dans ce décor paraissait immuable, pareil à ces paysages que les peintres mettent parfois dans une grande fresque pour emplir une fenêtre inutile. C'était un peu comme si Jean-Louis se fût trouvé dans un exil impénétrable aux autres.

Il s'assit et alluma une cigarette, plus pour conjurer une sorte d'angoisse et de sensation d'isolement, que par goût machinal du tabac. Comme un enfant, confié à des étrangers et qui sent soudain un inexplicable chagrin lui gonfler la gorge et désire avec véhémence sa chambre familière, ses jouets, la voix de sa mère, Jean-Louis ressentit le besoin physique de rentrer aux Cèdres, de voir l'usine, de s'asseoir dans la chambre de son père.

Ici Louis Malterre n'était plus son père. C'était un homme inconnu, qui avait aimé une morte, qui avait marché dans cette ville dans un costume qu'il ne lui avait pas connu, qui devait être un jeune homme peut-être gai et heureux.

Jamais son père, jusqu'à ce jour, ne lui avait paru avoir une jeunesse. Il n'avait pu l'imaginer s'intéressant aux jeunes filles, aux jeux, ou aux conversations des jeunes gens. Et soudain, Sienne lui révélait que ce père avait existé aussi sous cette forme inattendue d'un homme allant au-devant de la vie, ayant des préoccupations, des espérances, des désirs différents de ceux du personnage familier. Désorienté, comme un navigateur à qui l'on retire sa boussole, comme un comédien confiant à qui l'auteur vient dire qu'il a, jusque-là, joué faux, Jean-Louis admit enfin qu'il lui fallait aller plus loin dans la découverte, ne pas s'arrêter à la tombe d'Anna Batesti, mais la connaître, elle, la morte, par sa famille qui devait encore exister dans une de ces maisons médiévales, secrètes comme des cloîtres ; par ses amis qu'il avait peut-être croisés.

Il se leva, sa cigarette consumée, et vint devant la grande glace qui surmontait la commode, comme pour se confirmer dans sa réalité physique. En pareil cas, il pensa que son père aurait été un enquêteur logique, patient, impitoyable. C'est ainsi qu'il serait pour que rentre dans l'orbite de ses connaissances sensibles cette étrangère que son père, ce prédécesseur de lui-même, avait aimée.

Il y avait, dans sa décision de cerner le personnage d'Anna Batesti, une jalousie posthume. Il regagnait en force ce qu'il venait de situer en faiblesse dans le passé de son père. Il eut le sentiment qu'il était plus fidèle à son modèle que le modèle lui-même.

En étant arrivé à cette conclusion satisfaisante pour l'orgueil secret qui guidait ses actes, il sonna la femme de chambre et se fit apporter du thé. Les cloches de Santa Maria del Carmine sonnèrent. C'était déjà le milieu de l'après-midi. Les quelques heures qui séparaient Jean-Louis de sa visite au cimetière avaient passé sans qu'il ait eu conscience de leur fuite. Il eut l'impression de surgir d'un vide hypnotique et la première gorgée de thé brûlant vint à propos lui rappeler les réalités physiques.

Il décida d'entreprendre immédiatement la recherche des Batesti. Dans le hall de marbre, quand il se dirigea vers le bureau de la comtesse, il avait retrouvé le pas sec et assuré de son père. La comtesse vint à lui, dans le petit salon où, le matin même, elle l'avait convié à prendre un porto. Elle connaissait les Batesti, ils étaient vaguement ses cousins. Jean-Louis en une demi-heure apprit tout sur cette illustre famille.

Les Batesti, après avoir été de farouches opposants aux gouvernements de Sienne – ils faisaient partie de ces seigneurs qui vivaient retranchés dans leurs châteaux du Monte Amiata comme les Pannochieschi, les Aldobrandeschi de Santa Fiora – furent comme les autres féodaux amenés à reconnaître la suzeraineté de la commune et s'engagèrent à vivre à Sienne. Au XIIe siècle, ils firent construire le palais qu'ils habitent toujours Via di Cittá et participèrent à la formation de cette aristocratie siennoise, qui devait donner à la chrétienté un pape : Pie II, Enea Silvio Piccolomini. Tandis qu'un aïeul de la comtesse devenait capitaine de Justice, un Batesti était promu conseiller financier de Pie II, un autre entrait dans le gouvernement de la commune.

– Aujourd'hui, dit la comtesse, il n'y a plus de

véritable aristocratie à Sienne. Les terres ne rapportent plus assez. Les paysans préfèrent aller travailler dans les usines, près des villes, les fils de famille doivent entrer dans les affaires, devenir médecin ou professeur. Quand j'étais petite, il y avait un club aristocratique à la Loggia della Mercanzia, même les gradés de l'université n'y avaient pas accès. Il fallait être d'une des grandes familles de la cité, ayant encore son blason et son palais et vivant du revenu de ses terres. Maintenant, ajouta-t-elle avec une moue de mépris, on y reçoit même des industriels et des négociants. La fortune amassée dans les affaires, le savoir acquis à l'université tiennent lieu de naissance et de nom. Ni les Batesti ni moi-même ne fréquentons plus ce club.

» Et puis, je dois vous le dire, monsieur, les aristocrates sont pauvres. Ils vivent difficilement dans leurs palais mal entretenus, quand ils ne sont pas obligés de les vendre aux grandes banques – ce qui est encore une garantie de conservation – ou aux Américains snobs, comme les Montellini ont dû le faire pour leur tour de San Gimignano.

» Mais je dois dire que les Batesti ont su garder leur dignité et leur orgueil. Le chef de la maison, c'est actuellement Carlo. Son père et sa sœur sont morts en 1925, des suites d'un terrible accident. Ils étaient déjà pauvres et le père de Carlo refusait tout travail, même celui honorifique de bibliothécaire de l'université qui lui aurait rapporté de quoi vivre. Il n'avait pu faire réparer le vieil escalier de bois qui reliait le deuxième et le troisième étage du palais.

» Un soir, comme il montait avec Anna pour tenter de colmater une gouttière dans les combles, le vieil escalier s'est effondré. Ils sont tombés. Le père est mort quelques minutes après. Anna a survécu, mais elle avait la colonne vertébrale brisée. Les meilleurs professeurs de la Faculté n'ont pu la sauver.

Jean-Louis, atterré par le récit de ce drame dont son père avait dû vivre les tourments, n'écoutait plus le bavardage de la comtesse. Le destin d'Anna était grand, unique. Louis Malterre n'avait pas connu un amour banal.

– Je crois que je peux vous confier un épisode touchant qui reste dans la belle tradition siennoise, violente, tendre, tragique. Quelques mois avant que l'escalier du Palazzo Batesti ne s'effondre, Anna avait fait la connaissance d'un de vos compatriotes qui voulait l'épouser. Alfredo Batesti, son père, par orgueil – parce qu'il estimait que sa fille, une Batesti dont les ancêtres avaient, aux côtés des Florentins, porté les armes contre le maréchal de Montluc, ne pouvait épouser un Français – refusa son consentement.

» Quand la catastrophe arriva – et la voix de la

comtesse se fit plus basse, comme si le renoncement de Batesti était un peu celui de l'orgueil aristocratique vaincu par la pauvreté et la mort –, Alfredo Batesti eut le temps de souffler à Carlo : "Anna peut épouser le Français."

» On raconta alors, poursuivit la comtesse, que Carlo prévint le jeune étranger que sa demande était finalement acceptée et qu'il devait venir vite. La grandeur de ce Français ajouta encore à notre chagrin ; il épousa Anna sur son lit de mort et lui donna avec le baiser de l'époux celui de l'adieu. Je ne sais plus le nom du Français, mais il est gravé sur le monument qu'il fit élever à Anna, au cimetière.

Il y eut un silence lourd. Au-dessus du jardin, que l'on apercevait par-delà les fenêtres du salon, le ciel prenait des couleurs rosées d'opaline. Jean-Louis réussit à triompher dans un effort surhumain des sanglots qui lui nouaient la gorge.

Il lança presque comme un cri :

– C'était mon père.

La vieille comtesse, étonnée par cette violence dont elle devina sans peine la cause, eut un geste de recul aussitôt maîtrisé. Et comme Jean-Louis évitait son regard, sans un mot elle se leva et quitta le salon dont elle ferma doucement la porte, comme si l'homme qu'elle y laissait eût été un malade endormi.

Ce n'est que tard dans la soirée, après avoir pris un bain et dîné confortablement, servi par un maître d'hôtel souriant et muet, que Jean-Louis se décida, par la Via Stalloreggi, à marcher jusqu'à la Via di Cittá où se trouvait le *palazzo* des Batesti.

À cette heure-là, les rues de Sienne étaient livrées aux promeneurs du soir. Les rares automobiles et *scooters* qui les parcouraient cédaient la place aux piétons, qui, hors des heures de travail de la journée, retrouvaient une priorité sur les véhicules. Dès le dîner, les conducteurs sentaient bien que leur présence et celle de leur machine à deux ou quatre roues était simplement tolérée et que le moteur ne donnait droit à aucune revendication de passage. Il eût, par exemple, été mal venu de presser le mouvement piétonnier d'un coup d'avertisseur. Il fallait y mettre de la patience.

Sienne se rappelait qu'elle était une cité médiévale. L'air était léger et le marchand de cigarettes lui dit en le raccompagnant sur le seuil de sa boutique une phrase qui devait signifier qu'il commençait à faire bon se promener le soir et dans laquelle il ne comprit qu'un seul mot : « *primavera* ».

Le palais des Batesti ressemblait aux autres palais siennois. Il était haut et étroit, avec une somptueuse entrée romane fermée par un portail de bois planté d'énormes clous à tête pyramidale.

Il n'était pas de brique, comme les maisons ordinaires de la ville, mais de pierres taillées énormes, aux arêtes arrondies, aux surfaces profondément martelées. Les fenêtres à colonnettes gothiques avec un arc de décharge mettaient seules un peu de grâce à la façade austère, qui ne pouvait laisser prévoir, tant sa puissance paraissait insensible au passage des siècles, le délabrement annoncé à l'intérieur.

Autrefois, il avait dû posséder une tour carrée comme tous les autres palais de la ville, tour que Charles-Quint avait fait raser sans la moindre considération.

Un long moment, Jean-Louis, adossé au mur d'en face, observa cette maison enfoncée dans un silence massif. Si deux fenêtres au premier étage n'avaient pas laissé deviner une lointaine lumière intérieure, on aurait pu la prendre pour une demeure abandonnée, dont on avait sauvegardé l'extérieur par souci esthétique.

Il essayait d'imaginer son père pénétrant sous cette voûte, venant y rejoindre une jeune fille née dans l'ombre de ces pierres énormes. Cette façade dure, presque sans ouvertures, n'avait jamais dû laisser transparaître aucun des événements qui marquèrent la vie des habitants.

Là, derrière ces pierres, on s'était aimés, on était morts sans que rien ne parvienne dans la ruelle, ni un soupir ni un râle. L'immuable puissance de la construction pouvait tout dissimuler des joies et des maux, des fastes et des pauvretés. De lourds anneaux de fer rouillé, battant depuis des siècles la pierre dure et sculptant des creux profonds en forme de croissant, attirèrent l'attention du jeune homme. Il traversa la chaussée pour s'approcher de l'un d'eux.

C'est à ces anneaux que les cavaliers attachaient autrefois leurs chevaux. Jean-Louis en saisit un. Le fer était lisse et poli, un motif compliqué, scellé dans la pierre, le retenait. Jean-Louis craqua une allumette et découvrit à la lueur de la flamme les armes des Batesti, un lion héraldique accroupi au pied d'une tour, et la brève devise : « *Sempre fidele, sempre libere* », gravée dans l'anneau.

Comme l'allumette achevait de se consumer, une automobile s'arrêta devant le portail. Une jeune fille en descendit. Dans la pénombre de la rue, Jean-Louis vit seulement qu'elle portait de longs cheveux, paraissait frêle et serrait sous son bras une grosse pile de livres.

– *A rivederci*, cria-t-elle au conducteur qui avait déjà démarré tandis qu'elle poussait l'énorme vantail.

Une fois qu'elle eut disparu par l'entrebâillement, Jean-Louis entendit tirer des verrous. Il pensa qu'il venait peut-être d'entrevoir une Batesti.

Lentement, il descendit jusqu'au Campo. La place était presque déserte, les Siennois préférant les rues à vitrines. Le ciel était clair et la lune, cachée par les constructions des collines, répandait une étrange luminosité qui mettait à la façade du Palazzo publico et au campanile de la tour Mangia, d'étranges reliefs, là où, le jour, tout paraissait lisse et poli.

Jean-Louis se souvint de ce que lui avait raconté, dans le train, le Père dominicain. C'est sur cette place que le matin de la bataille de Montaperti, le 4 septembre 1260, les femmes, les enfants, les vieillards de Sienne étaient rassemblés attendant anxieusement des nouvelles des combats que les leurs livraient contre les Florentins, sous les murs de la ville, suspendus aux commentaires que le guetteur, Cerreto Ceccolini, faisait du sommet de la tour Marescotti.

Voyageur du XXe siècle, préoccupé de son drame personnel plus que d'histoire, Jean-Louis ne put cependant échapper au charme de ce soir siennois, si semblable, dans la fidélité d'un décor intemporel, à celui qui précéda la bataille et la victoire vécues sept cents ans plus tôt.

Son père n'avait sans doute pas, lui non plus, refusé cette émotion. Peut-être avait-il traversé cette place, à cette même heure, tenant la main d'Anna Batesti, apprenant par elle l'histoire de sa ville et de sa famille.

La rancune et la jalousie, premiers réflexes incontrôlables après la révélation du cimetière, n'avaient plus maintenant de raison d'être et il rejetait l'une et l'autre. Son père, en mourant, il s'en souvint brusquement tandis qu'il s'éloignait de la fontaine Gaia, au ruissellement régulier et doux comme une plainte de tourterelle, avait prononcé un mot inintelligible, où il n'avait reconnu que la voyelle a.

Il lui avait ainsi livré, sans aucun doute, le nom d'Anna. Le poème d'Alcobaça et la facture du tombeau étaient un testament. Ces deux indices, qu'il savait seul son fils capable d'exploiter, auraient peut-être été détruits, si l'embolie n'avait pas surpris Louis Malterre. Le secret de sa vie, son père ne voulait le lever qu'après sa mort, au seul qui l'aimât assez pour comprendre, pour accomplir ce pèlerinage.

En remontant vers son hôtel, Jean-Louis, à la fois grave et fier, estimait qu'à partir de cet instant seulement il pouvait se reconnaître comme la parfaite suite humaine de Louis Malterre, la réplique consciente de sa personnalité.

Alors qu'il fermait la fenêtre de sa chambre un moment plus tard, il lui vint une nouvelle inquiétude, comme s'il était dit que la paix ne lui serait pas complètement donnée. Peut-être y avait-il entre les gisants des illustres amants portugais et la tombe d'Anna Batesti, un message qu'il ne déchiffrait pas encore.

Sur la colline d'en face, parmi les petites lumières du cimetière, il en était une qui paraissait brûler à sa seule intention, comme le témoin obstiné d'un doute toujours présent.

Dans la nuit, il eut un étrange cauchemar. Il avançait dans le cimetière. Arrivé au mur du fond et à la place de la tombe d'Anna, il n'apercevait qu'un trou béant qui était l'amorce d'un escalier souterrain. Il descendait les marches et aboutissait dans un couloir voûté, infiniment long, éclairé de distance en distance par de petites lampes. Il devinait alors, fuyant devant lui, deux silhouettes se tenant par la main : son père et Anna.

Il prenait sa course pour les rejoindre, mais le couloir était si long qu'il n'y parvenait pas... Son angoisse finit par le réveiller... Fiévreux, il se leva pour boire un verre d'eau et s'endormit.

Au matin, il ne restait plus aucune trace du rêve pénible, sinon le souvenir d'une course éperdue.

Le soleil éclairait le cimetière qui n'était plus qu'un détail de la campagne siennoise, dans le moutonnement ferme des collines. Le volume rose des amandiers avait augmenté, et quand la femme de chambre déposa sur la table le plateau du petit déjeuner, elle annonça, comme s'il se fût agi d'un visiteur :

– *Oggi, è primavera.*

Pour les Toscans, qui sont gens à toujours s'émouvoir d'une gracieuseté de la nature, le printemps est une fête, ils le voient à travers les peintures de Botticelli. Ce jour-là, les couleurs, les fleurs, les femmes prennent une signification particulière, comme si Primavera était un citoyen de Toscane, une sorte de saint libertin, qui ne veut pour temple que les jardins et pour prière que des chansons.

Jean-Louis, qui venait de décider qu'il rendrait le matin même visite aux Batesti, ne put s'arracher au sortilège printanier. Il mit un costume gris et une cravate bleue qui lui parurent tout de suite affreusement tristes, car dans le soleil, les teintes graves et sérieuses devenaient pauvres.

Il se souvint alors que son père portait parfois une cravate de soie dont les couleurs à la fois vives et fatiguées l'avaient toujours étonné. En fouillant la chambre paternelle, il avait vu qu'elle venait de Florence. C'était peut-être, pour Louis Malterre, le souvenir d'un jour de printemps semblable à celui qui commençait, vécu au côté d'Anna.

En traversant le hall du Palazzo, il croisa la comtesse et se souvint qu'il ne l'avait pas revue depuis que, dans son salon, elle lui avait conté l'histoire de la famille Batesti.

– Comment allez-vous ce matin ? dit-elle.

Jean-Louis dut reconnaître que le printemps influençait toutes choses, puis il annonça :

– J'ai l'intention de rendre visite aux Batesti, comme s'il désirait obtenir l'assurance que cela pouvait se faire.

– Vous pouvez, dit la vieille dame. J'ai rencontré Carlo hier. Je lui ai dit que vous étiez à Sienne. Il vous attend. Le jour de *primavera* est le mieux choisi pour faire connaissance.

2.

Le grand portail à clous du palais Batesti était ouvert à deux battants, de huit heures du matin à la nuit tombante. Une énorme lampe de fer forgé descendant de la voûte au bout d'une chaîne et dissimulant dans ses arabesques rouillées une ampoule trop faible, mettait une pénombre jaune dans le hall d'entrée. On avait l'impression de pénétrer dans un couvent ou dans une Trappe et Jean-Louis n'aurait pas été étonné si des moines à capuche rabattue s'étaient profilés derrière les grilles qui séparaient le hall d'une courette dallée d'où émergeait la margelle d'un puits.

La clarté du jour provenant de la courette rivalisait sous la voûte du hall avec celle de la lampe. C'était un mélange de lumières qui ne servait qu'à déconcerter le regard et empêchait de deviner, autrement que sous l'aspect de masses, situées de part et d'autre du hall, deux statues mutilées venues de l'ancienne villa que les Batesti avaient jadis possédée au flanc du Monte Amiata.

À gauche du hall, Jean-Louis découvrit une porte vitrée au sommet de trois marches. Il tira une sonnette qui déclencha, à travers de lointains couloirs, un relais d'échos. Enfin, un vieil homme glissant sur des pantoufles et portant une veste de toile rayée vint ouvrir.

– Je suis Jean-Louis Malterre, je voudrais parler à M. Carlo Batesti.

Sans dire un mot le vieillard lui fit signe d'entrer en s'inclinant gravement. Puis d'un petit geste de la main il invita Jean-Louis à le suivre. Par d'interminables couloirs nus, mais rendus luxueux par les mosaïques de marbre, les fresques pompéiennes des plafonds, les boiseries des murs, Jean-Louis derrière son guide parvint au pied d'un escalier monumental, défendu par deux animaux étonnants, à la fois chiens et lions, sculptés dans une pierre jaune comme de l'agate.

Tandis que Jean-Louis gravissait les marches sur un étroit tapis usé jusqu'à la corde et dont la pauvreté tranchait sur l'inaltérable splendeur du marbre blanc, il observait le vieillard qui le guidait à travers cette maison, comme autrefois peut-être il avait conduit son père. Le domestique, bien que montant l'escalier sans peine, paraissait maintenu par la seule rigidité de son col officier, serré sur une sorte de collier très large de toile blanche.

Au palier du deuxième étage, meublé de deux commodes anciennes et d'un coffre, le domestique eut un nouveau geste de la main, pour inviter Jean-Louis à attendre. Debout, appuyé à la balustrade, le jeune homme vit s'éloigner le vieillard.

Il put alors, comme il en avait le désir depuis qu'il avait commencé à gravir l'escalier, lever les yeux vers les étages supérieurs pour essayer de deviner la hauteur de la chute d'Anna et de son père. Mais le palais était trop sombre pour qu'il puisse voir plus haut que le palier de marbre du troisième étage et, déjà, le domestique revenait. Toujours silencieux – Jean-Louis pensa qu'il était peut-être muet – le vieil homme s'inclina une nouvelle fois pour l'inviter à poursuivre.

Cette fois, il ne restait que quelques pas à faire. Au seuil de son immense cabinet de travail, Carlo Batesti attendait le visiteur. Il vint au-devant de Jean-Louis, lui serra longuement la main et l'entraîna dans cette pièce où il passait les deux tiers de sa vie et qui aurait aussi bien pu être un salon royal, une salle d'armes ou de bal.

Carlo, comme tous les Batesti, était petit et sec. Comme eux aussi, il savait rester élégant dans un vieux costume mille fois repassé, grâce à de longues manchettes, une cravate nouée avec exubérance, une pochette orgueilleuse. Sous des cheveux gris coupés très court, ses yeux bleus paraissaient presque noirs et le nez était si mince que le regard semblait souffrir d'un strabisme intermittent. Son visage aux pommettes saillantes se terminait par un menton carré qui lui donnait un air crispé. Des rides multiples, sans profondeur, se rejoignaient aux commissures des lèvres et ajoutaient à la dure architecture de ce visage comme une trace de fatigue ou de souffrance.

– Je suis heureux de vous voir, dit Carlo Batesti en lâchant la main du jeune homme pour fermer la porte. Heureux de vous voir, répéta-t-il, comme on peut l'être quand on découvre que, par-delà une mort, d'autres vies ont continué.

Invité à s'asseoir dans un fauteuil à dossier droit tandis que son hôte prenait place à sa table de travail, un meuble massif, long, indéplaçable, Jean-Louis ne put s'empêcher de jeter un coup d'œil aux portraits accrochés sur les murs de la pièce.

Au-dessus de Carlo était le plus grand. Celui d'un homme d'armes à cheval portant un écu, où le visiteur reconnut le blason des Batesti aperçu la veille sur l'anneau de la façade.

Carlo Batesti parla. Comme celle d'une cloche fêlée sa voix était basse, sans résonance. Quelques mots seulement trahissaient son accent italien, mais il usait de la langue française avec assurance.

– Ainsi, commença-t-il, vous êtes le fils de ce Louis Malterre qui fut mon beau-frère. La comtesse m'a annoncé votre visite et jusque-là, j'ignorais son second mariage.

Carlo laissa aller sa tête contre le dossier de son fauteuil, joignit les mains et, les yeux fixés sur Jean-Louis, poursuivit :

– Cette maison a été témoin, au cours des siècles, de bien des événements exceptionnels ou étranges. Beaucoup y sont nés et y sont morts après avoir, jour après jour, connu des existences tourmentées ou paisibles. Entre ces murs de forteresse, l'intimité atteignait au secret. L'épaisseur des murailles, l'autorité, la puissance de notre famille faisaient qu'un monde indépendant, autonome, abrité des influences extérieures, insoumis aux lois des autres, s'y était développé. Un code particulier, une justice de tradition, des mœurs étrangères à celles des autres familles y régnaient. Sous ces plafonds décorés par de grands peintres siennois, des passions se sont heurtées. On s'est aimés avec violence et emportement, on s'est haïs avec patience et respect. Il y a eu du sang répandu par le poignard d'un frère, d'un père, d'un fils ou d'un mari. Les Batesti ne furent jamais gens ordinaires et la violence leur a souvent tenu lieu d'explication. Mais je gage qu'il n'y a jamais eu au cours des siècles de plus étonnantes noces en cette maison, que celles de l'amour et de la mort entre votre père et Anna, ma petite sœur.

Carlo Batesti se tut. Dans le silence spectateur du souvenir, il attendait que lui revienne, par-delà les années, l'émotion du cauchemar sublime qu'il lui avait été donné de vivre.

Jean-Louis fixait le maître des Batesti comme s'il voulait l'aider à ramener du fond de lui-même ce qu'il sentait inconsciemment de l'incommunicable. Dès ses premiers pas dans cette maison, il avait compris que tout devait y posséder une densité particulière, les gestes, les pensées, les confidences. Et puis la gravité sans apprêt de Carlo, son empressement à lui livrer l'histoire d'Anna et de Louis Malterre, comme s'il eût attendu depuis trente ans l'arrivée du seul enquêteur qualifié, l'assuraient que les mots allaient lui apporter quelque chose d'éternellement vivant.

Carlo reprit :

– C'était dans cette pièce. On y avait dressé le lit d'Anna. Elle avait souffert la pire dislocation dans sa chute, mais elle avait exigé qu'on lui passe une robe blanche. Comme elle ne pouvait l'enfiler, car soulever son corps un moment équivalait à la torturer, nous avions d'un coup de ciseau ouvert la robe dans le dos. Mario, le coiffeur, était venu.

Il avait tressé en pleurant ses cheveux noirs. Elle souriait. C'était une jolie mariée.

» Louis Malterre était là. Fixe, puissant, les mains appuyées sur le bois du lit, penché en avant. Il m'apparut tandis qu'on apprêtait Anna pour la cérémonie comme les marins campés, jambes écartées, au gouvernail de la barque de sauvetage dans la tempête. Sa force tranquille donnait confiance à Anna. Il lui avait dit : "Nous nous marions tout de suite pour que nous puissions partir au bord de la mer ensemble, quand vous serez guérie." Elle avait répondu : "Oui, oui, c'est cela, sinon vous ne pourriez pas venir avec moi. Ce ne serait pas correct."

» La force de Louis Malterre était passée en elle. Quand le prêtre célébra, là, sur cette table de travail transformée en autel de mariage, au milieu des fleurs venues on ne sait d'où, car peu d'amis savaient quelle étrange tromperie avait été préparée ce jour-là, contre la mort, Anna devint rayonnante. Mon frère me glissa à l'oreille : "On dirait sainte Fine sur la fresque de Domenico Ghirlandajo, dans l'église de San Gimignano." Je vis Louis Malterre retenir son souffle et sourire les dents serrées, comme s'il n'était pas sûr de pouvoir emprisonner encore un moment le cri de désespoir qui montait en lui alors qu'Anna entrait dans un monde où il ne pourrait la suivre. Il lui passa l'anneau, je le vois encore frissonner, car la main d'Anna avait déjà la pâleur bleutée de la mort et cette espèce de tiédeur animale des corps abandonnés. Alors Anna eut un cri, une sorte de rage brutale, violente, un regard où se lisait toute la passion, où se résumaient tous les dons charnels de l'amour, quelque chose de presque impudique, comme l'intime achèvement d'une noce. "Embrassez-moi, hurla-t-elle, vite..."

» Louis Malterre se pencha sur elle, embrassa sa bouche longuement. Je voulais me détourner, ne pas être le témoin de cette hyménée par-delà les limites de la vie et de la mort, mais je ne pouvais détacher mes yeux de ce baiser d'où je savais qu'un seul reviendrait. Dans l'extase consentie à l'extrême bord du néant, Anna s'était éteinte. Son mari lui ferma les yeux doucement. Puis il glissa, tomba sur les genoux. Sa tête vint s'appuyer sur la main d'Anna. Je sortis alors pour le laisser pleurer. Le prêtre, qui avait retiré ses ornements blancs, fit un pas en avant et commença à réciter l'office des morts.

Les deux hommes restèrent face à face un long moment dans des silences différents. Carlo entendait encore, isolé par son retour au passé, les prières marmonnées par le prêtre et les sanglots lourds de cet homme qui lui était étranger. Il était venu de loin pour aider Anna à quitter les siens, non dans un cri de révolte, mais dans un baiser passionné.

Et aucun des Batesti, ni Giulio, son frère, ni lui-même n'avaient osé s'interposer pour réclamer le droit au dernier souffle qui revient aux parents. Louis Malterre leur était apparu comme un envoyé de quelque mystérieuse déité. Il savait que ce frère aurait pu, dans l'instant suivant, ordonner, comme nanti par Anna d'une autorité suprême. Il savait aussi que peut-être il disparaîtrait comme s'il regagnait une planète inconnue, sans rien emporter des Batesti, sinon leur âme à tous. C'est ainsi que les choses s'étaient passées.

Jean-Louis, lui, tentait d'imaginer son père dans ce rôle tragique de fiancé de la mort, mais il n'y parvenait pas. Ce Louis Malterre-là, il ne l'avait jamais rencontré. Il devait être aussi différent de celui qu'il avait aimé qu'un visage peut l'être de son reflet dans un miroir déformant. La splendeur morbide de cette fresque paraissait inadaptable à un autre décor que celui de ce *palazzo* bâti pour une puissance dont il était le symbole.

Mais ce théâtre où s'étaient ordonnés plus de drames que de comédies, n'était-il pas devenu aujourd'hui l'enveloppe de pierre d'un vide orgueilleux, pareil à ces noix sèches, dont le fruit a péri pour avoir donné toute sa force à la coque ?

Maintenant, Jean-Louis comprenait le symbole du poème d'Alcobaça, Inés épousée par-delà la mort, faite reine, Anna épousée au seuil de la mort, faite déesse d'une vie différente et Louis Malterre devenant autre, devenant ce personnage né de l'union d'un désespoir et d'une obligation de vivre. C'est alors que Jean-Louis sentit une sueur d'angoisse mouiller son front en même temps qu'il lui vint une nervosité qui le poussait à se lever, à fuir, en criant des insultes à cet homme et à sa maison.

Il n'avait, sa vie durant, aimé qu'un être fabriqué, qu'une sorte de robot humain supérieurement intelligent, construit avec les restes de ce qui avait été un être capable d'aimer et de souffrir.

Carlo sentait aussi la piqûre agaçante d'une sorte de remords. Dans la mort d'Anna et dans sa propre mort, son père, le vieux Batesti, avait une part de responsabilité. Tous ses ancêtres, à travers leurs orgueils successifs de gloire, de richesse, de naissance, de pauvreté même pour les plus proches, avaient leur part de responsabilité.

Les terres, depuis longtemps, ne rapportaient plus rien aux Batesti qui avaient vu leurs revenus s'amenuiser jusqu'à ne plus leur permettre de se nourrir. La récolte des vieux oliviers arrivait chez eux réduite à quelques décalitres d'huile, le reste ayant servi à payer les fermiers, les métayers qui ne rendaient plus aucun compte et auxquels on avait renoncé à en demander. Ceux qui vivaient sur les terres des Batesti, dans des masures menaçant ruine, s'estimaient chez eux depuis plusieurs générations et, seul, un cadastre, dont personne ne recherchait la référence, aurait pu établir qu'ils avaient un maître. Longtemps le respect du nom avait tenu lieu d'attachement. Jusqu'à la Première Guerre mondiale on reconnaissait une sorte de servitude tacite et les Batesti osaient encore aller visiter leurs fermiers.

Entre les deux guerres, le syndicalisme, modifiant les critères, avait tardivement amené dans ce coin de la Toscane les mœurs nées de la Révolution française, cent cinquante ans plus tôt. On avait admis jusque-là, sans que les uns fassent valoir leurs droits légitimes et sans que les autres se risquent à rappeler l'autorité ancestrale entrée dans la légende, une sorte de comédie de tradition. Le rideau était tombé le jour où, au passage de Romeo Batesti, un fermier ne s'était pas découvert et avait jeté un regard ironique sur le costume défraîchi.

Jamais plus un Batesti ne s'était aventuré dans ses métairies. Les jours de foire, ils évitèrent désormais les rues fréquentées par les paysans. Peu à peu ceux-ci cessèrent d'envoyer les fermages et les bonbonnes d'huile déposées furtivement dans le hall par quelques locataires terriens scrupuleux ou soucieux de maintenir le symbole d'un contrat, dont les termes n'étaient plus appliqués depuis des années, avaient l'air d'être des cadeaux de la Providence.

Jamais, jusqu'au frère de Carlo, un Batesti n'avait eu le front de reconnaître la déchéance de l'aristocratie, jamais jusqu'à ce qu'il devienne lui-même professeur de chimie à la faculté de Sienne, aucun des leurs n'avait perçu un salaire en échange d'un travail considéré comme une servitude. Le mythe orgueilleusement entretenu des princes nourris et enrichis par les serfs avait subsisté longtemps dans le vieux palais où se donnait, dans le dénuement, la vaniteuse comédie d'un règne momifié dans les souvenirs.

Moins longtemps avait subsisté l'illusion du propriétaire tirant ses ressources de ses propriétés. Quand, au fond de la pauvreté, presque au bord de la famine, les Batesti avaient été contraints de ne plus goûter à la viande qu'une fois par semaine et s'étaient déclarés incapables d'offrir d'autres gages au dernier couple de domestiques que le logis et le couvert, il avait fallu se résoudre à vendre quelques toiles à des collectionneurs américains. L'argent ainsi obtenu avait servi à payer les études des trois derniers héritiers, qui entreraient dans la société active, où chaque individu en donnant quelque chose de lui-même, par ses mains ou son cerveau, reçoit, avec le salaire, le droit de se nourrir et de se vêtir.

Le jour de cette décision, le père, Carlo s'en souvenait, les avait réunis et dans cette même pièce où ils se trouvaient, sous le portrait de Felicio Batesti, le plus honoré des ancêtres qui fut aux Croisades avant de devenir le banquier du Pape, il leur avait parlé franchement.

Il gardait le souvenir d'une cruelle reddition. Comment, même s'il l'expliquait à ce jeune homme, industriel enrichi par son travail, produit de cette nouvelle aristocratie du savoir et de la fortune acquise, pourrait-il comprendre ? Son père, son grand-père ne l'auraient pas compris davantage. Pour eux, les Batesti appartenaient à la mythologie, leurs raisons étaient des folies, leurs traditions de la bêtise, leur orgueil de la paresse.

C'était bien une reddition qui avait marqué ce 1er janvier 1922. Il faisait froid et Mario avait allumé quelques planches arrachées aux caissons des combles. Carlo se souvenait encore du crépitement du bois sec dans la grande cheminée. Ce crépitement ressemblait à un rire ironique, le rire qu'aurait eu un prisonnier échappant enfin à ses geôliers.

Depuis trois siècles, ou quatre peut-être, que cette planche avait été rabotée et sciée par un mercenaire pour tenir sa place dans une toiture, sa fonction était inutile, voire futile : elle servait à cacher les poutres au regard de visiteurs éventuels des combles. Or, qui visitait les combles au temps de la splendeur des Batesti ? Les domestiques, pour y faire des rangements, sans se soucier de lever les yeux vers les poutres.

Cette pièce de bois était donc un luxe intrinsèque au moment où un charpentier, sur qui le propriétaire du toit devait avoir droit de vie ou de mort, l'avait clouée. Or, en ce 1er janvier 1922, elle était devenue soudain, après des centaines d'années d'inutilité, un élément intrinsèque de la vie domestique. Quatre Batesti la regardaient brûler et appréciaient la chaleur que dégageait sa combustion. Elle était comme ces pétards de fête qui sèchent longtemps dans les réserves et qui créent un instant de brutale splendeur accaparant toute l'attention des badauds. « Un feu d'artifice », s'était dit Carlo. Et il s'en souvenait encore comme d'un feu d'artifice. Et pendant que s'élevaient les flammes dans la vieille cheminée, son père, feignant d'ignorer la provenance de ce bois, pour ne pas avoir à interdire l'accès des combles à Mario, avait parlé.

« Le moment est venu, avait-il dit, où l'inutile va devenir capital. La chair veut vivre. Nous avons payé le tribut de l'honneur au nom. Votre mère est morte de privations. Notre indépendance ne peut plus être payée de crimes. J'ai décidé de vendre ces quelques primitifs siennois que nous demandent depuis si longtemps les Américains. À Pâques, vous entrerez à l'université. Vous aurez le choix. Il s'était tourné vers Anna. Toi aussi, Anna, il faudra que tu obtiennes des diplômes, que tu acquières des connaissances monnayables. C'est là qu'est la nouvelle indépendance. »

Carlo se souvenait de tous les détails de cette fin de repas de jour de l'An. Ils avaient mangé un poulet que les Palestrini leur avaient offert et bu du chianti. Le vin leur avait procuré à tous un commencement d'ivresse. Il avait donné au maître la force de se rendre, de déposer l'orgueil. Carlo se souvint qu'en levant les yeux sur la cheminée où achevait de se consumer la planche, il vit alors de noires volutes voiler un instant le blason des Batesti, comme un crêpe plaqué là par un mauvais vent d'hiver.

Le soir, avec Anna et Giulio, ils avaient commenté le discours du père. Ils étaient jeunes et la nouvelle était heureuse. Un peu comme si l'on avait annoncé aux enfants ennuyés des beaux quartiers qu'ils pouvaient, enfin, aller jouer dans la rue, avec les fils et les filles du cantonnier.

Carlo reprit conscience soudain du silence qu'il imposait à son visiteur. Il leva les yeux et le vit perdu dans des pensées étrangères. Il se leva. L'homme qui lui faisait face redevint son hôte et il se trouva que ce qu'il avait encore le devoir de dire succédait logiquement aux souvenirs qui venaient de le ramener aux temps de son adolescence.

– Je crois que notre amie, la comtesse de Crocci, vous a conté les circonstances de l'accident qui provoqua la mort de mon père et, quelques jours plus tard, celle d'Anna. Ce palais est solide, indestructible même, je le crois, ajouta-t-il avec une lueur de défi dans le regard, mais une infiltration d'eau avait lentement pourri l'escalier de bois qui conduit aux combles et quand Anna s'y engagea avec Père, les marches cédèrent brutalement. J'étais dans ma chambre. Quand je sortis sur le palier, je fus environné de poussière. Ce n'est qu'en me penchant sur la balustrade que je compris. Je ne vis tout d'abord que le corps disloqué de mon père émergeant d'un amas de planches brisées. Quand je me penchai sur lui il gémissait, il avait eu le thorax défoncé par l'angle d'une marche. J'appelai Anna et, alors que je m'attendais à la voir apparaître, affolée, dans l'escalier, je reconnus sa voix dans un autre gémissement venant de quelque part sous les planches, une plainte. Mario et Giuletta étaient là, nous réussîmes à dégager Anna. Elle était maculée de poussière, mais paraissait indemne. Quand je la pris dans mes bras pour la relever, elle eut un long cri qui me fit peur.

Carlo se tut. Ce cri, il l'entendait encore. C'était celui d'un être qu'on poignarde sans brutalité, en enfonçant la lame avec méthode pour faire souffrir.

D'une voix calme de conteur scrupuleux, Carlo reprit :

– Je sus plus tard qu'elle avait la colonne vertébrale brisée. Mon frère Giulio m'aida à l'étendre sur une planche et nous la déposâmes dans sa chambre tandis que Mario courait prévenir le médecin. Quand je revins me pencher sur Père qu'on avait étendu sur le marbre du palier, je pensais qu'il était mort et que je n'avais qu'à lui fermer les yeux, mais c'est alors qu'il parla : « Il faut qu'Anna épouse ce Français. » Puis il ajouta : « Je permets. » Et il passa.

Un nouveau silence s'établit, pendant lequel, appuyé à l'angle de sa table de travail, Carlo se mordit inconsciemment les lèvres. C'était bien lui qui avait provoqué ces noces qui terminèrent la vie d'Anna. Seul, il avait entendu l'ultime décision du père dans laquelle était perceptible une espèce de désir de réparation. Peut-être avait-il cru que l'effondrement de l'escalier avait épargné miraculeusement Anna et que lui seul payait encore le prix de l'orgueil.

En rapportant à Jean-Louis les circonstances de l'accident, Carlo, obéissant aux réactions ataviques des Batesti, avait menti. Son père savait, il savait lui aussi comme son frère, comme Anna, que par le suintement obstiné d'une gouttière, le bois de l'escalier avait été pourri.

Anna, à plusieurs reprises, soutenue par ses frères, avait demandé que le charpentier vienne consolider les marches. Le père, toujours s'y était opposé, par orgueil, et parce qu'il ne disposait pas de la somme que demanderait l'artisan. Il ne voulait pas que des ouvriers viennent en cette maison constater des faiblesses cachées, diagnostiquer partout la présence des chancres de la pauvreté.

C'est là que résidait la responsabilité de Romeo Batesti. L'effondrement de l'escalier lui était apparu soudain symbolique, et le mariage d'Anna avec cet ingénieur français, qu'il avait refusé d'envisager quelques jours avant l'accident, il l'avait, au moment de mourir, autorisé, dans un réflexe, parce qu'il sentait bien que ceux qu'il laissait ne devaient pas suivre la même voie que lui. C'était le dernier Batesti authentique ; après lui, ils ne seraient que des citoyens ordinaires vivant de leurs travaux.

– Qu'allaient-ils faire dans les combles, ce jour-là ? demanda Jean-Louis.

La voix du jeune homme tira Carlo de ses réflexions.

– Ils allaient tenter de colmater une gouttière, reconnut-il. Anna était la plus habile à ce genre d'exercice qui paraissait ne pas être d'une femme.

Dès qu'il eut prononcé cette phrase, il la regretta. Le hochement de tête de Jean-Louis fut significatif. Il avait deviné ce que, l'instant d'avant, il s'était appliqué à lui cacher.

Il y eut un nouveau silence, puis Carlo posa à son tour une question :

– Votre père vous a-t-il parlé de nous ?

– Il ne m'a jamais parlé de ce qui s'était passé avant son mariage avec ma mère. C'est seulement après sa mort que j'ai découvert tout cela. Je suis seul à le savoir. Quand j'ai vu hier le tombeau d'Anna, au cimetière, j'ai voulu tout connaître. Je vis maintenant dans l'étonnement, comme quelqu'un qui fut longtemps amnésique et qui brusquement se souvient, car il est difficile d'admettre, pour un fils, que son père a été tout différent de l'homme qu'il a connu.

Carlo haussa les sourcils. Le secret dont Louis Malterre avait pendant toute sa vie protégé sa tragique aventure siennoise n'était pas pour lui déplaire. Dans l'histoire de sa famille, il devait y en avoir bien d'autres, moins romanesques peut-être.

– Et naturellement, dit-il plus bas, vous avez souffert en apprenant que votre mère n'était que la seconde épouse.

– Non, ce n'est pas cela, dit Jean-Louis qui, pour répondre, se voyait contraint d'analyser ses réflexes sentimentaux. J'ai peut-être souffert un moment, mais pour une autre raison. Parce que j'aurais voulu être dans la confidence, j'aurais voulu parler de ce passé avec lui, comme je le fais avec vous. J'ai été frustré d'un enseignement de la souffrance que mon père aurait pu me dispenser.

Mais Jean-Louis mentait. Sa souffrance avait été d'une essence plus subtile. L'homme qu'il voulait être, ce double sacré de son père, lui était apparu irréalisable. Dans le jeu compliqué des imitations inconscientes, des résonances faisaient défaut. Il avait trop simplifié la personnalité de son modèle, négligeant dans son ignorance l'expérience fondamentale de l'amour.

L'expérience de l'amour, celle de l'art, celle de la foi, il les avait refusées en bloc. Il avait admis que l'homme supérieur, dont son père lui offrait le type unique, devait se tenir au-dessus de ces fausses plénitudes de l'être. Vivre jour après jour avec application et méthode jusqu'au néant, en gardant une sorte de disponibilité secrète, telle lui était apparue la règle.

Mais tout cela ne devait pas être formulé ; il fallait être un robot conscient de sa condition de robot et l'on parvenait ainsi, directement sans les étapes des arrachements spectaculaires et vains, au détachement des philosophes et des religieux. La seule loi restait celle de la procréation, qui obligeait à laisser une ou deux chances de succession, comme si l'abstention risquait d'amener une rupture d'équilibre.

Mais tout ce système, Louis Malterre ne l'avait jamais explicité. Jean-Louis l'avait déduit du mode de vie de son père. Maintenant il constatait qu'il s'était trompé, il s'était arrêté aux apparences, il avait cru à l'homogénéité du modèle.

Si l'on observe un bloc de pierre, il apparaît comme une unité isolée, indépendante, capable d'être taillée, de tenir une place dans un édifice à la base ou au sommet. C'est tout au moins ce que peut penser celui qui s'arrête à la nature inerte et qui la considère comme Jean-Louis avait considéré son père, sans faire appel à la science et avec une absolue confiance.

Mais si l'on regarde la même pierre avec l'œil du géologue, on s'aperçoit qu'elle est une roche qui peut être classée, analysée, admise à tel usage, rejetée de tel autre. La pierre anonyme devient une roche éruptive ou une roche sédimentaire, ou une cristallophyllienne. C'est un débris végétal, ou un dépôt marin ou une lave durcie.

Si l'analyse se poursuit, si le microscope intervient, la complexité de l'unité simple apparaît étonnante. C'est un granit, un porphyre, un schiste cristallin, un grès, un quartz, un marbre, un calcaire grossier, une houille ou un gypse, dans lesquels on découvre des micas, des pyroxéens, des andésites...

Et l'on passe de l'assurance matériellement tangible au vertige de l'analyse, au secret des naissances tourmentées dans le feu, dans le pilonnage des éboulements séculaires, dans les pourrissements des mondes sans passé accessible.

Le moment était venu pour Jean-Louis d'admettre certaines évidences que son amour filial lui avait masquées. Il avait cru connaître son père, parce qu'il l'avait vu vivre, comme un ignorant croit connaître une pierre parce qu'il met chaque jour le pied dessus en passant le seuil de sa maison.

La limpidité factice de l'être qu'il adorait n'avait été qu'une apparence à laquelle on ne lui avait pas demandé de croire, mais à laquelle il avait cru comme en une religion intuitive.

La voix de Carlo le tira de sa méditation. En un instant, il venait de parcourir le chemin qui sépare l'embryon de l'être conscient.

– J'ai un fils, disait Carlo, qui doit avoir votre âge, et une fille plus jeune ; il me plairait assez qu'ils m'aiment comme vous aimez votre père.

Il se leva, fit le tour de la table, ce qui prit un temps pendant lequel Jean-Louis suivit les jeux du soleil faisant des arlequinades sur les dalles de marbre en y projetant les losanges verts, rouges et jaunes des fenêtres à vitraux.

– Venez, dit Carlo, je vais vous montrer le portrait d'Anna.

3.

Avant que Carlo lui ouvre la porte de la chambre d'Anne – sa fille – Jean-Louis avait deviné que la jeune fille occupait, dans le *palazzo*, la pièce où autrefois Anna avait vécu. Était-ce une intuition ou une reconnaissance des lieux à travers le récit que venait de lui faire Carlo, ou plus simplement cette secrète complicité qu'ont certains lieux et les choses qui, comprenant le désir du pèlerin, se révèlent à lui dès le premier contact ?

– Rien n'a été changé dans la disposition de la pièce, dit Carlo, Anne s'est installée ici il y a un an. Le jour de ses dix-huit ans je lui ai donné la clef de cette pièce fermée depuis bien longtemps, depuis la mort de ma petite sœur et la vie y a repris. C'est un peu comme si quelqu'un avait dormi là et s'était soudain réveillé.

La chambre, comme toutes les pièces de la

vieille demeure des Batesti, paraissait immense et vide. Un lit qui avait été autrefois surmonté d'un baldaquin, dont ne subsistaient que les colonnettes à moulures, en occupait le centre. C'était un lit large et profond et l'on y aurait plus facilement imaginé un couple d'amants qu'une jeune fille solitaire.

Deux commodes trapues dont les tiroirs s'ornaient de grosses poignées de bronze, un coffre bas, une table de bois noir et quelques sièges à dossier droit recouvert d'une tapisserie, qui montrait plus de corde que de couleurs, composaient le mobilier.

Jean-Louis, à la suite de Carlo, s'avança sur un tapis qui devait dater de la même époque que le lit et cachait le centre d'un beau plancher à croisillons sous des motifs de chasse amputés par l'usure des pas, comme si les visiteurs avaient emporté au cours des ans un peu de laine à leurs semelles.

Le mur qui faisait face au lit disparaissait derrière des cadres accrochés de part et d'autre d'une grande glace dont le tain sclérosé de plaques noires ne rendait que des morceaux de reflets. L'ensemble aurait dû être austère ; comme ces chambres historiques où l'on s'est efforcé de retenir l'atmosphère qui enveloppa la mort d'un grand homme, mais le soleil l'inondait d'une lumière d'arc-en-ciel à travers les losanges colorés des vitraux et deux orchidées bleues posées au bord d'un vase sur la table noire, comme deux insectes d'apocalypse, se préparant à un vol meurtrier, animaient tout le décor.

– C'est mon frère qui « fabrique » ces orchidées, dit Carlo, s'apercevant que les fleurs avaient attiré, par leur luxuriante et insolite exubérance, les premiers regards de Jean-Louis.

Ces fleurs, Jean-Louis les avait d'ailleurs reconnues et il se souvint du pot qui en contenait de toutes semblables et qu'il avait renversé dans la serre de son père. Ainsi s'expliquait la passion de Louis Malterre pour les orchidées bleues et aussi le nom d'Anna Batesti que Jean-Louis avait lu, en ramassant les fleurs brisées, sur une plaquette de bois jaune.

– La première orchidée bleue, continuait Carlo, a fleuri cinq ans jour pour jour après la mort d'Anna.

De la même manière que Jean-Louis avait deviné qu'il pénétrait dans la chambre de la femme que son père avait aimée, il reconnut au milieu des portraits le visage de celle-ci avant que Carlo ne désigne le tableau.

Jusqu'à cet instant, Anna Batesti, qui était née pour lui sur une tombe, avait été un personnage irréel, un être de conte inventé pour la beauté cruelle d'une légende incroyable. Ce n'était même pas un fantôme, c'était plutôt un mythe obsédant. Maintenant, dans un cadre épais et doré, sans une moulure, qui tranchait par sa sobriété sur les autres plus anciens qui cernaient d'étranges visages minces, Anna lui apparaissait pleine d'une vie frémissante, à fleur de peau.

– Ce portrait a été peint deux mois avant l'accident, dit Carlo, par un peintre hollandais qui séjournait à Sienne. Elle était bien ainsi, les yeux baissés quand il la faisait poser là, en plein soleil sur la terrasse.

C'était une tête de jeune fille que l'artiste avait peinte et cependant Anna paraissait charnelle et désirable. On devinait aux courbes souples et pleines qui glissaient du cou, un buste doré et le mouvement des épaules rapprochées en avant n'était pas un mouvement de prudence, mais comme un effort de tout le buste pour s'insinuer dans l'étroitesse du cadre. Les yeux baissés, soutenus par un léger cerne que prolongeait l'ombre des cils, paraissaient bruns sous l'arc haut tendu des sourcils. On devinait une oreille minuscule sous la chute en spirale épaisse mais légère des cheveux partagés par une raie au-dessus d'un front large, bronzé par le soleil toscan. Un nez droit, un peu long peut-être, une bouche épanouie mais close qui retenait un sourire ou même un rire juvénile presque enfantin, ajoutaient à l'ovale du visage aux pommettes fondues, la réalité de la vie.

Jean-Louis fut ébloui par tant de beauté suggérée par l'artiste et il voulut imaginer le visage de son père à côté de celui-ci. Louis Malterre avait vu ces yeux s'ouvrir dans le désir de l'amour avant d'être clos par la mort. Pour lui, cette bouche avait libéré des rires et ces cheveux avaient été balancés d'un mouvement de tête. Cette épaule avait connu le poids de sa main lourde de tendresse.

Mais ce n'était pas à son père qu'Anna avait souri, c'était à un jeune homme qui lui était moins étranger qu'à lui, Jean-Louis.

Anna demeurerait ainsi éternellement dans sa jeunesse. Pour l'homme qu'elle avait aimé, elle s'était évanouie comme les héroïnes des contes, qui naissent d'une brume matinale et meurent dans le brouillard triste d'un étang.

– Elle était belle, dit Carlo, que le silence de Jean-Louis troublait.

– Elle était belle, soupira le jeune homme, belle comme une insaisissable déesse.

Peut-être aurait-il ajouté quelque chose si la porte ne s'était pas brusquement ouverte pour livrer passage à Anne, la nièce de la morte, fille de Carlo.

Jean-Louis se retourna et il eut l'impression déroutante que la jeune fille du portrait était brusquement devenue blonde et vivante et qu'elle s'avançait vers lui avec le sourire.

– Ma fille, dit Carlo.

– Elle ressemble à Anna, ne put s'empêcher de dire Jean-Louis interrompant les présentations.

Mais Carlo, qui n'avait pas entendu, expliquait déjà à Anne que M. Malterre était le fils du Français qui avait été le fiancé d'Anna.

– Alors, nous sommes un peu cousins, dit-elle.

– Voyons, Anne, dit Carlo, qui vit là une inconscience de langage.

– C'est vrai, nous sommes un peu cousins, reprit Jean-Louis, tout en trouvant absurde ce faux cousinage établi par-delà la mort et tant de drames inoubliables.

Plus tard, ayant regagné sa chambre du Palazzo, il se dit, penché à la fenêtre et observant en bas du jardin, sur la route des remparts, deux fillettes qui jouaient à la marelle sous un lampadaire, que c'était Anne la plus raisonnablement vivante et que les morts ne pouvaient trouver nulle moquerie et nulle ambiguïté dans ce lien factice créé à travers eux par une jeune fille qui ne s'embarrassait pas d'un langage logique, destructeur de légende.

Et puis la nuit toscane apportait à l'esprit et au corps une telle sérénité que les êtres retrouvaient leurs vraies places, les valeurs humaines leurs proportions authentiques et que la mort elle-même cessait de n'être qu'une affliction pour ce qui avait don de vie.

Le lendemain, alors que Jean-Louis achevait son petit déjeuner en se demandant comment il pourrait à nouveau voir le portrait d'Anna, Anne se fit annoncer.

Il la rejoignit dans le hall, où il trouva la jeune fille en conversation avec la comtesse. Ce matin-là Anne portait une jupe bleue à plis et, sous une veste de daim, un corsage blanc fermé au col par un grand nœud amidonné posé là comme un papillon naturalisé. Ses cheveux blonds retombaient en ondes souples jusqu'aux épaules et il y avait dans ses yeux le même sourire que sur ses lèvres.

– Bonjour, cousine, dit Jean-Louis.

– Oh ! dit-elle, c'était un peu déplacé de ma part de lancer ainsi cette parenté. J'ai dû vous paraître affreusement mal élevée.

Elle baissa les yeux avec une feinte humilité, car son sourire devint plus éclatant pour montrer qu'elle ne se prenait pas au jeu hypocrite de l'excuse.

Anne parlait français, presque sans accent, mais en plaçant, comme dans sa langue maternelle, la tonique sur l'antépénultième syllabe, ce qui faisait ondoyer les mots.

– À Sienne, dit Jean-Louis, je suis votre cousin. N'en parlons plus, et dites-moi ce qui me vaut l'honneur...

– Père me charge de vous transmettre une invitation à dîner pour ce soir et je viens vous proposer mes services comme guide, voilà.

– J'accepte les deux offres, mais je suis pris pour votre cité d'une curiosité supertouristique et je serai un visiteur exigeant.

– Pas autant que je serai un guide prolixe. Nous commencerons quand vous voudrez. Je n'ai pas de cours pendant une quinzaine...

Jean-Louis était déjà sous le charme de cette spontanéité. Il vit une interrogation dans les yeux bruns de la jeune fille.

– Si nous commencions par aller jusqu'au Campo prendre l'apéritif ?

– Les Français qui viennent à Sienne commencent toujours par prendre un Campari en face du Palazzo publico, ils vont au bar de l'Esperanza, parce qu'il y a un merle.

– Alors le choix est bon, et je suis sûr que ce merle raconte des histoires prodigieuses.

– C'est un merle gibelin, dit Anne, le patron l'a acheté à Florence, il manque d'impartialité.

Tous deux éclatèrent de rire et ils sortirent dans

le soleil, tandis que le portier à dolman blanc s'inclinait gravement devant la jeune fille, parce qu'il savait qu'elle était une descendante des Batesti, banquiers des papes.

– Le Campo, dit Anne qui prenait son rôle au sérieux, ce n'est pas une place comme les autres, comme il y en a dans toutes les villes d'Italie, non seulement c'est la plus belle, mais c'est la plus sûre. Tous les actes de l'histoire siennoise se sont joués là, guerre, épidémie, fêtes, exécutions, tout s'est passé sur la place que les Français disent être en forme de coquille Saint-Jacques. Tous les Siennois traversent le Campo, au moins une fois par jour. Sinon, ajouta-t-elle avec une emphase voulue et qui ne faisait qu'exagérer sa sincérité, sinon, ils ne pourraient pas vivre...

– Vous parlez comme un Guide Bleu ou un Baedeker fougueux qui n'aurait pas à ménager de susceptibilités, rétorqua Jean-Louis qui avait envie de plaisanter sans raison.

– Méfiez-vous, je ne peux pas être plus impartiale que le merle, je suis guelfe depuis six cents ans.

Lentement, ils firent le tour du Campo, que l'ombre de la tour Mangia barrait comme la flèche d'un cadran solaire. Au passage, Anne nommait les palais et se montrait prête à raconter l'histoire de tous leurs propriétaires. Devant la fontaine

Gaia, elle appela les pigeons qui s'abattirent autour d'elle quêtant les graines que l'on pouvait acheter à l'éventaire d'une petite vieille.

Un homme qui passait voulut la photographier au milieu des pigeons, mais elle lui tourna le dos résolument et entraîna Jean-Louis vers le bar de l'Esperanza dont le patron, le ventre en avant et la serviette sur l'épaule, surveillait la terrasse. Ils bavardèrent longtemps après avoir un moment agacé le merle qui, du haut de sa cage accrochée à la façade, sifflait pour annoncer chaque client.

Anne faisait sa troisième année de médecine. Elle allait avoir vingt ans. Il sut aussi que son oncle, celui qui était en train de faire fortune en cultivant des orchidées dans des serres, près de Fiesole, était un vieil original qui ne venait à Sienne que pour le premier Palio, car il était arbitre de la célèbre course, comme l'avaient toujours été les Batesti.

– Il faudra voir le Palio, dit Anne avec une grande excitation. C'est comme une fresque du Pinturicchio qui s'anime, qui envahit les ruelles et le Campo. Pour nous, c'est encore autre chose. Dans les couleurs des pourpoints à crevés, dans le dessin des bannières que les gonfaloniers font virevolter et voler comme des tapis magiques au-dessus de leurs têtes, chaque soir pendant les jours qui précèdent le Palio, c'est Sienne qui revit dans sa splendeur grave et colorée.

» Et puis, le jour du Palio, c'est formidable, comme dans les instants qui annoncent une bataille. Le Campo, que vous voyez là comme une place paisible, devient une arène. On vient aider les cantonniers qui doivent arracher le moindre brin d'herbe et la moindre touffe de mousse entre les pavés et l'on regarde monter autour de la place les tribunes, tandis qu'on égalise une couche de sable sur les dalles pour que les chevaux ne glissent pas. Et quand la grosse cloche de la tour Mangia sonne, les cavaliers arrivent. Chacun porte les couleurs et les espoirs d'une *contrada*, d'un quartier ; il y en a dix-sept.

» À propos, dit-elle, vous êtes au Palazzo ; alors vous êtes de la *contrada* de la Panthère – et moi de la *contrada* de la Girafe –, nous sommes cousins mais ennemis, et je ne saurais trop vous conseiller de vous rendre à la chapelle de votre *contrada* pour y brûler un cierge, car la Panthère a peu de chances de gagner cette année.

Jean-Louis, à entendre parler Anne du Palio et à voir les groupes de Siennois bavarder au soleil comme s'ils n'avaient rien de mieux à faire qu'être là à surveiller le vol des pigeons, goûtait un calme bienfaisant. Jamais autant qu'en cet instant il ne s'était senti à l'aise, c'était un peu comme s'il était citoyen de cette cité.

Le marbre veiné de gris de la fontaine Gaia, l'horloge à aiguille unique – sans doute parce qu'on ne se souciait que d'une heure approximative – qui mettait son œil blanc de cyclope protecteur à la façade de la tour du Palazzo publico, les allées et venues de deux carabiniers qui connaissaient tous les passants, le vendeur de *cartoline* dont la joue n'avait pas connu le rasoir depuis longtemps, tout lui paraissait familier, naturel et sain.

Anne, qui s'était tue, observant elle aussi le vol des pigeons, répondait au salut des carabiniers qui, en passant devant leur table, avaient soulevé d'un geste amical et respectueux leur main gantée de blanc jusqu'à la visière de leurs petites casquettes posées bien droites sur leurs cheveux de jais.

« Pour elle, tout doit paraître ici immuable et définitif, pensa Jean-Louis. Elle-même est une sorte d'évidence historique dans ce décor. Elle doit être comme ces plantes qui dépérissent et meurent quand on les transplante. »

Les cheveux blonds eurent un balancement soyeux, des particules de lumière y restèrent accrochées, comme si le soleil était une poussière d'or, et Anne sourit.

– Vous pensez rester longtemps à Sienne, c'est pour organiser le programme des visites...

– Je ne sais pas. J'ai une usine importante en France – le mot usine paraissait inadaptable, comme s'il désignait une chose qui n'existait pas encore –, mais je vous en prie, faites le programme comme si je ne devais jamais partir.

Il avait lancé cela, parce que toutes les perspectives d'un départ lui étaient pénibles et il découvrit que, depuis le matin, il n'avait pas une seule fois pensé à son père. Comme lui, à cette même place, s'était-il trouvé là heureux, avec la brune Anna à son côté, au bar de l'Esperanza.

Anne comprit que la pensée de Jean-Louis venait de quitter Sienne. Carlo la veille lui avait raconté la fin de l'histoire de Louis Malterre ; elle estima le moment venu pour dire à cet homme qui paraissait soudain triste et vieux dans son complet gris qu'elle n'oubliait pas les troublantes raisons de son voyage en Toscane.

– Ce doit être à la fois merveilleux et désolant de découvrir que son père est finalement tout différent de l'homme qu'on a connu, d'apprendre qu'il a été romanesque, qu'il a vécu une aventure unique, qu'il a souffert un inoubliable chagrin. J'imagine que pour vous ce dut être comme une course au trésor, le trésor étant la certitude à obtenir.

Jean-Louis n'avait jamais envisagé que des termes semblables puissent s'appliquer à ce qu'il considérait comme le premier drame de sa vie. Depuis la mort de son père, s'il essayait d'analyser ce qu'il était advenu de son existence, il pouvait admettre qu'elle était effectivement devenue une sorte de course non au trésor, mais à la foi. Son père depuis l'enfance lui était une religion. Il s'était trouvé dans la position du croyant qui constate soudain qu'on ne lui a pas tout dit de son dieu, que celui-ci a des côtés insolites qui ne sont pas justifiables par son enseignement.

S'il avait fait le voyage d'Alcobaça, s'il était venu à Sienne, c'était moins pour satisfaire une curiosité inquiète que pour expliquer, en raison de la foi qu'il possédait en son père, les actes ignorés de celui-ci. Ce qu'il était venu chercher, c'était une confirmation dans sa croyance qui lèverait le doute. Maintenant qu'il détenait les faits, il lui restait à les incorporer dans la règle. C'est parce que cela lui paraissait impossible qu'il souffrait.

– Le trésor était vraiment une certitude à obtenir, dit-il en se tournant vers Anne, mais je ne l'ai pas encore obtenue.

Anne lui parut soudain bien jeune pour pénétrer aussi gravement dans le secret de son problème. Avec toute autre – et en cela il aurait inconsciemment obéi aux préceptes paternels qui conseillaient de tenir toujours les femmes éloignées des choses sérieuses – il aurait rompu la conversation, mais Anne était la nièce d'Anna, elle lui ressemblait et puis le charme envoûtant de Sienne justifiait tout.

– Vous ne l'obtiendrez, dit Anne, nulle part ailleurs qu'ici et puis, sans le doute, comme toutes les croyances seraient fades et combien toutes les paresses de l'esprit seraient justifiées.

L'heure du déjeuner était arrivée. Ils se séparèrent, Anne regagnant le palais des Batesti, Jean-Louis s'attardant à la terrasse du bar, à suivre les jeux aériens des pigeons et l'implacable glissement de l'ombre de la tour Mangia sur les pavés du Campo.

4.

– Il y a une lettre de Jean-Louis, annonça Agnès ce matin-là, quand sa mère apparut dans la salle à manger à l'heure du petit déjeuner.

Camille, qui avait commandé Émile pour onze heures afin de se faire conduire à Lyon « pour être au jour d'une amie de pension retrouvée depuis peu » – en fait, elle rejoignait Me Settier –, était plus jolie que jamais, dans un deux-pièces parme, au revers fleuri d'une rose blanche.

– Et que dit-il ?

– Il parle beaucoup de Sienne et d'une famille Batesti, il ne tarit pas d'éloges sur la vieille aristocratie siennoise qui meurt dans une misère pleine de noblesse. Il demande aussi si tu vois régulièrement Me Settier pour le règlement de la succession de Père.

En prononçant cette dernière phrase, Agnès,

sans cesser de tremper les lèvres dans sa tasse de thé, leva les yeux sur sa mère. Elle vit son visage rosir.

– Tu pourras lui répondre que les choses avancent et qu'à son retour tout sera réglé. À propos, donne-t-il une date de retour ?

Camille avait demandé à Georges Settier d'attendre le retour de son fils pour faire de manière officielle sa demande en mariage. En réalité, elle ne souhaitait pas se marier trop vite. Elle se complaisait dans sa situation de maîtresse. Les rendez-vous discrets, les déjeuners à Charbonnières, les coups de téléphone quotidiens l'enchantaient. Elle vivait l'aventure sentimentale que désirent toutes les femmes qui en ont été privées. Rien ne la réjouissait autant que passer deux heures à sa toilette et une heure à s'habiller avant un rendez-vous sauf peut-être l'achat d'une cravate ou d'une pochette pour l'homme qui, tardivement, lui avait révélé l'amour.

Par moments, les battements de son cœur s'accéléraient de manière incontrôlable quand la Rolls roulait dans les faubourgs de Lyon et qu'elle jetait un regard sur son visage dans la glace du poudrier d'or que Georges lui avait offert au lendemain de leur première étreinte. Camille était heureuse, simplement. Son corps assouvissait sans retenue des désirs dont, quelques mois plus tôt, elle aurait nié l'existence. Sa pensée trouvait là matière à des préoccupations qui la rendaient encore plus prolixe que par le passé dans sa correspondance où, cependant, ne s'égarait aucune confidence.

Son bonheur, sa satisfaction, la plénitude de cette liaison entourée de mystère avaient l'acidité du péché provisoire – car le mariage prévu l'absoudrait – et Camille y mettait de la délectation. Par moments, elle se prenait pour une grande amoureuse, pour une femme qui avait vécu, elle regrettait presque que tout soit aussi simple.

Ce jour-là, elle était particulièrement consciente d'être la maîtresse de Georges – le mot seul suffisait à la faire frissonner –, car il y avait exactement deux mois qu'ils se retrouvaient. Elle avait fait préparer la veille par la cuisinière des pets-de-nonne, ces petits beignets que Me Settier adorait. Après l'amour, à l'heure du thé, ils les croqueraient ensemble, et des larmes lui monteraient aux yeux à la pensée de toute cette naïve tendresse qu'elle avait pour lui.

– Maman, dit Agnès qui ne s'étonnait plus des absences de Camille et du sourire quasi extatique qui était le sien quand elle succombait à ses rêveries, dont la jeune fille devinait l'objet, maman, répéta-t-elle, tu n'oublies pas que demain nous dînons chez les Vérimont.

– Oui, je sais, répondit Camille avec un soupir car elle détestait le fondé de pouvoir depuis que Georges lui avait laissé entendre que Michel Vérimont demanderait la main d'Agnès en sortant de Polytechnique.

« Ce serait un excellent parti, avait dit Georges qui était un ami de toujours de Pierre Vérimont, père de Michel, mais il est probable qu'Agnès refusera comme tous les autres... »

Et Camille craignait par-dessus tout qu'au dîner du lendemain, le jeune homme qui venait d'arriver de Paris ne dévoile ses batteries et ne se voie signifier une fin de non-recevoir à peine polie, de la part d'Agnès.

– Michel sera-t-il là ? demanda Camille pour tenter de prévoir l'accueil que recevrait une éventuelle avance du jeune homme.

– Bien sûr, dit Agnès sur le ton toujours un peu mordant qui était le sien. Tu sais bien qu'il est arrivé hier. D'ailleurs, il vient me chercher cet après-midi pour une partie de tennis.

– C'est bien, répondit Camille qui se prit à espérer que sa fille pourrait peut-être éconduire le prétendant au cours d'un tête-à-tête sportif, ce qui lui éviterait de se faire du souci pendant tout un dîner.

Elle enfilait des gants de daim noir, quand Agnès reprit la parole.

– Tu ne trouves pas que Jean-Louis est absent bien longtemps, le Portugal, puis l'Italie et cela sans raisons d'affaires sérieuses. Je me demande s'il aura jamais le courage de revenir prendre la place de Père, sa mort lui a causé un tel chagrin.

Camille se retint de répondre « et à moi, donc ». Elle ne pouvait se résoudre à jouer encore le rôle de veuve éplorée, alors qu'elle était à la veille d'annoncer son intention d'épouser Me Settier.

– Ça ne peut que lui faire du bien, dit-elle, et puis M. Vérimont suffit à l'usine, il paraît qu'ils n'ont jamais eu autant de commandes.

– Ce n'est pas à l'usine que je pensais, et s'il y avait des décisions familiales à prendre, il faudrait qu'il soit là...

Camille, devant la glace du salon, posa sur ses cheveux blonds un petit chapeau de velours noir dont elle rabattit la voilette. Les décisions familiales ? Qu'avait voulu dire par là Agnès ? Cela lui importait peu et elle ne se souciait pas de poursuivre la conversation, depuis que, par la fenêtre, elle voyait la voiture devant le perron et que la pendule, en face d'elle, marquait onze heures moins cinq.

– Je me sauve, ma chérie. Émile dit qu'il nous faudra une heure pour aller à Lyon, à cause de la circulation et je ne veux pas être en retard...

Agnès, qui ne déjeunait pas quand elle était seule à la maison, beurra un autre toast.

– C'est ça, sauve-toi, et n'oublie pas de me rapporter des bas.

– Sois sans crainte, dit Camille en lui envoyant un baiser du bout de son gant avant de quitter le salon d'une démarche de mannequin.

« Gamine », se dit Agnès en achevant le toast.

Puis, mue par une étrange et soudaine compassion, elle se leva, ouvrit la fenêtre, comme sa mère descendait le perron et lança avec toute la tendresse dont elle était capable :

– Tu es ravissante, ne te fais pas enlever...

Dans la voiture, Camille pensa longtemps à ce compliment, le premier que lui décernait sa fille. Son bonheur en fut augmenté d'autant et elle eut un geste de la main, comme en ont les princesses en visite officielle, à l'égard de l'agent du carrefour qui porta la main à son képi en reconnaissant la voiture des Malterre.

L'image de sa félicité lui plaisait plus que Georges lui-même. Camille jouait à la femme.

Quand, un peu plus tard, Agnès répondit à Jean-Louis, elle eut un moment envie de dépeindre leur mère telle qu'elle venait de la voir. Puis elle se ravisa. Ce serait faire une peine gratuite au seul être qui portât le deuil réel, celui du cœur, pour son père.

Agnès s'interrogea une nouvelle fois sur les raisons de cet attachement admiratif que Jean-Louis portait à leur père. En toute loyauté, Agnès se disait qu'elle aimait mieux son père maintenant qu'il était mort. Elle se souvenait de lui comme d'un être dur, presque méprisant pour les femmes de la maison. S'il sortait volontiers avec Jean-Louis, il n'avait jamais manifesté le désir d'être accompagné de sa fille même pendant les vacances. Elle avait toujours eu l'impression que tous les êtres qui approchaient Louis Malterre n'étaient que des faire-valoir et elle se prit à imaginer ce qu'aurait été la vie aux Cèdres, si sa mère avait disparu la première. « Il est probable, pensa-t-elle, que rien n'aurait changé, aurait-il seulement pleuré... ? » Elle pensait qu'il aurait plutôt considéré le deuil comme une insulte et qu'il en aurait peut-être conçu une rancœur posthume contre sa femme, si elle le lui avait infligé.

« Il était de ceux dont on porte le deuil, se dit-elle, pas de ceux qui portent celui des autres... »

Et comme elle ne pouvait pas non plus l'envisager vieux ou diminué ou malade, elle estima qu'il avait eu la mort la mieux adaptée à son personnage, nette, rapide, propre, une sorte de fin autoritaire et formelle comme un claquement de porte.

5.

Après le dîner chez les Batesti, quand Anne et Pietro eurent regagné leurs chambres, Jean-Louis se retrouva seul avec le maître de maison. Dans de minuscules tasses de porcelaine bleue, un café amer et fort comme un alcool avait été servi par le vieux maître d'hôtel, dont plus que jamais la tête paraissait maintenue par son collier de toile. Par-delà un guéridon dont les pieds plusieurs fois rafistolés ressemblaient à un échassier infirme, les deux hommes se faisaient face.

Le fauteuil de bois où Jean-Louis était assis datait d'un siècle où le moelleux des sièges n'était pas un élément de confort et Carlo s'était excusé, alors qu'il le conduisait au salon, de la rusticité du mobilier ancestral.

Pendant tout le repas, Jean-Louis avait été soumis aux questions de Pietro, futur architecte, et de sa sœur. Les deux jeunes gens étaient d'une insatiable curiosité. Pietro surtout, qui, voyant en Jean-Louis un voyageur d'une autre planète, semblait vouloir en tirer toutes les connaissances. Malterre avait dû faire état des mérites comparés du chianti, du bordeaux, du beaujolais. On l'avait sommé de définir Picasso et le cubisme, de dégager la philosophie de l'habitat de Le Corbusier à travers la Cité radieuse de Marseille.

Connaissait-il Sartre et Camus, que pensait-il de Mauriac, avait-il lu *l'Amour fou*, d'André Breton, et que devenaient les surréalistes ? Où en était Isidore Isou et le lettrisme, la France s'acheminait-elle vers le communisme ou une dictature de droite ?

Abasourdi, ayant conscience d'avoir déçu, il but son café en découvrant avec étonnement que tout ce qui paraissait susceptible de passionner les autres lui était demeuré étranger. Si ces choses avaient intéressé son père, il les aurait sues parfaitement et son ignorance devenait imputable au mort, vers qui tout son être avait été tourné. Pour la première fois, un doute s'insinua dans sa pensée. Son père avait-il raison quand il affirmait : « Aucune chose humaine ne mérite beaucoup d'empressement », en omettant de préciser qu'il ne faisait que citer un philosophe grec... Mais déjà Jean-Louis excusait son père. Il savait maintenant que son désintérêt du monde venait de ce que le seul être qui eût été capable de le lui faire admettre et aimer reposait sous une dalle de marbre dans le cimetière de Sienne.

– Mes enfants ont été un peu insupportables, dit Carlo, en souriant. Ils ont si peu souvent l'occasion d'être en contact avec des Français qui sont à leurs yeux les seuls hommes vraiment cultivés...

– Je ne leur en veux pas de leur intelligence, dit Jean-Louis, mais je crains de n'avoir pas été à la hauteur de leur curiosité... à laquelle, en fait, je n'ai opposé que la mienne propre.

– Vous savez que ma fille veut faire de vous un vrai Siennois, dit Carlo, abandonnant le sujet. Hier, elle voulait vous faire changer d'hôtel pour que vous soyez dans notre *contrada* car, au prochain Palio, la vôtre n'aura aucune chance.

Un éclair de malice avait brillé dans les yeux de Carlo, comme si la course des quartiers était la chose la plus importante du monde, comme si le jeu et les paris engagés lui apportaient l'intime satisfaction d'un but à atteindre. À cet instant-là, Carlo n'était plus un vieil aristocrate pauvre et condamné à l'orgueilleuse solitude, il était un fils de Sienne, un Toscan passionné de plaisir. Les Florentins disent que les Siennois sont vains, légers, un peu fous, mais cette folie et cette légèreté qui leur sont si souvent reprochées, comme aux Français d'ailleurs, ne sont que poésie latente et goût de la vie.

Chez les Batesti comme ailleurs, le Palio était source de discussions, d'enquêtes et d'excitation pendant toute l'année. On scrutait le choix des chevaux, leur entraînement, on questionnait, avec une feinte indifférence, les gens des autres *contradas*, on explosait d'indignation en apprenant les tractations inévitables et toujours tentées depuis des siècles pour suborner un cavalier concurrent tandis qu'on se risquait à soudoyer des indicateurs qui n'indiquaient rien et ne rapportaient que de faux renseignements, comme ceux qu'on glissait volontairement aux indicateurs vite dépistés des autres quartiers. Mais c'était le jeu.

– Notre cheval cette année n'est pas en forme, dit Carlo prenant soudain un ton triste, et la Girafe ne peut guère espérer une nouvelle victoire.

En fait, il n'en était rien, le cheval de la *contrada* loué à prix d'or du côté de Viterbo se révélait imbattable à l'entraînement, mais si la comtesse venait à questionner Jean-Louis Malterre, il servirait ainsi un faux renseignement qui endormirait la méfiance de ceux de la Panthère.

Tout cela paraissait d'une grande futilité à Jean-Louis qui ne désirait qu'une chose : parler d'Anna et de ses étranges noces.

– J'ai retrouvé chez votre fille Anne les traits d'Anna.

Carlo en une seconde redevint le grave gentilhomme qui l'avait accueilli quelques jours auparavant.

– C'est Anna en moins mystique, en plus vivant, en plus riche, en plus doué, dit Carlo.

Puis il ajouta :

– C'est ce qu'aurait été Anna si notre père avait consenti à faire ce que j'ai fait – à tort ou à raison, à raison je crois –, à ouvrir la cage des vieux préjugés de notre aristocratie, à accepter qu'elle se mêle au siècle où il n'y a plus de place pour les êtres qui veulent faire de leur vie un ornement inutile et noble. En somme, conclut-il avec un sourire, le jugement de Dieu, chassant Adam et Ève de l'Éden et leur disant qu'ils devraient désormais se préoccuper d'assurer eux-mêmes dans la tourmente de l'humanité leur subsistance, n'est parvenu aux Batesti que depuis une génération...

Tout l'orgueil abjuré des Batesti tenait dans cette phrase et Jean-Louis se demanda ce qu'aurait répondu son père.

Comme si Carlo avait deviné sa pensée, il reprit après avoir vidé sa tasse :

– Votre père, je m'en souviens, avait fort bien compris cette attitude de notre famille. Industrie et commerce étaient des mots qui n'étaient jamais prononcés qu'avec mépris dans cette maison, il y a encore moins d'un siècle. Pour notre père, qui fermait résolument portes et fenêtres au monde, toute activité lucrative était une sorte de prostitution. Seule la terre qui était don de Dieu lui paraissait digne de nourrir l'homme. Il admettait le troc, comme au temps de ses ancêtres, mais pas le commerce, et refusait qu'on l'entretienne du prix des métayages. Je l'ai vu payer en barriques d'huile son notaire. Quand mon grand-père ouvrait son coffre pour y prendre des pièces d'or, il voulait ignorer de quels fermages elles étaient le produit. La folie des nôtres a été de vouloir prolonger le Moyen Âge. La sagesse des vôtres a été de créer d'autres princes. Les savants sont les nouveaux *condottieri* et les lois qu'ils imposent à l'humanité ne sont pas moins dures que celles des grands seigneurs de la Renaissance. Ils ont en plus quelquefois la modestie et la satisfaction de se dire qu'ils œuvrent pour le bien-être commun. Seule, la justice a, je crois, perdu sa puissance formelle.

– Mon père, comme Alain, dit Jean-Louis, ne considérait qu'une aristocratie valable, celle de l'intelligence. Il citait souvent une formule qu'il avait retenue de ce philosophe : « Les notions de droit et de devoir à tous les stades de la vie familiale, sociale, nationale ont été introduites pour créer une conscience collective du vulgaire, comme si tous les êtres humains méritaient cette liberté, cette faculté d'agir, de parler, de décider. »

– Pietro et Anne seront de cette aristocratie, dit Carlo, de ceux qui auront le droit de parler. Ce sera leur manière de reconquérir.

Il y eut un long silence pendant lequel Jean-Louis mit en parallèle sa jeunesse pleine de possibilités abandonnées dans le sillage paternel, et celle des enfants de Carlo où tout n'était que libre découverte.

Depuis qu'il était arrivé à Sienne, la conscience lui venait d'un monde ignoré et de quantité d'aspects de la vie qui méritaient qu'on y soit attentif. La sagesse du nihilisme de son père cessait d'être aussi évidente et il lui semblait que son intelligence avait été développée sur de faux axes.

Tard dans la soirée en regagnant l'hôtel, avec quelques ouvrages historiques sur la province de Sienne que lui avait prêtés Carlo, il se posa la question de savoir s'il ne devrait pas tenter de s'incorporer au monde des vivants. La crainte de s'y sentir mal à l'aise et de ne pas y reconnaître les principes de sa jeunesse le retenait encore, et les silencieuses ruelles, pauvrement éclairées, étaient à l'image de son doute.

Le lendemain, avec Anne, il entreprit la visite de la cathédrale et Jean-Louis tenta de partager l'admiration des Siennois pour cette construction anarchique cernée par les maisons et définitivement inachevée.

– C'est une des cathédrales italiennes, dit Anne, où se découvre le plus l'influence française, les cisterciens ont dirigé l'œuvre sans parvenir à soumettre à leur sobriété les exécutants italiens. Le résultat est cette fausse unité pleine de charme inattendu dans l'architecture et les couleurs.

Jean-Louis se fit commenter le pavement de marbre blanc, noir, rouge et gris, sorte de marqueterie précieusement équilibrée dans la pierre. Il se pencha sur les Sibylles, sur Moïse frappant le rocher et fit aussi connaissance avec l'art de Beccafumi. La visite fut longue et consciencieuse et bientôt Jean-Louis se sentit fatigué. Des fresques de Pinturicchio à la Libreria, aux sculptures de Donatello, l'histoire du pape Pie II qui écrivit dans sa jeunesse un roman licencieux, tout cela fut commenté par Anne dans le détail.

Tandis qu'elle parlait en essayant d'étouffer les sonorités de sa voix, volubile puis soudain hésitante, quand elle ne trouvait pas immédiatement le mot juste en français, Jean-Louis l'observait. Blonde, mince, nerveuse, les mains rapides à désigner tel ou tel détail d'une fresque ou d'une sculpture, décrivant le mouvement même de la vie que l'artiste y avait immobilisée pour l'éternité, Anne semblait appartenir au décor dans sa jupe bleu marine et son corsage blanc, un carré de mousseline noué sous le menton, coiffure respectueuse et symbolique qui ne faisait sous sa pointe légère que souligner l'exubérance de sa chevelure.

Elle prit soudain conscience de la lassitude de Jean-Louis.

– C'est assez, dit-elle dans un sourire, allons faire une prière et sortons.

Pendant qu'elle priait, agenouillée près de quelques vieilles femmes devant la chapelle de la Vierge, il vint tout naturellement aux lèvres de Jean-Louis une oraison pour son père qui était venu, dans cette même cathédrale, remercier Dieu pour un bonheur qui lui avait été promis.

Au soleil de midi, une foule patiente et triste attendait que sonne l'heure des visites à l'hôpital Santa Maria della Scala. Des familles encombrées de petits paquets, de sacs de friandises ou de fruits achetés aux commerçants ambulants, guettaient le signal qui les précipiterait inquiètes vers les salles où les malades guérissent ou meurent sous des plafonds historiques dont les fresques ont été peintes entre 1450 et 1500.

Aucun des visiteurs venus des campagnes siennoises ne peut s'étonner de cet hôpital-musée qui lui est familier depuis cinq siècles. Ceux qui ont connu d'autres cliniques, à Florence ou ailleurs, plus modernes, plus hygiéniques, les ont trouvées laides et quelconques et le décor du vieil hôpital de Sienne a quelque chose qui inspire confiance dans les guérisons. Il y flotte on ne sait quelle atmosphère qui rend moins évident et plus aisé le passage de la vie à la mort.

Jean-Louis et Anne revinrent tout naturellement vers le Campo. Au bar de l'Esperanza, le merle les accueillit d'une roulade conventionnelle et le patron déposa sur leur table deux verres pareils à deux cônes de rubis, en équilibre sur leurs pointes.

– Vous ne m'avez pas paru un visiteur très attentif dans la cathédrale, dit Anne.

– Je manque de bases d'appréciation et je crains de ne pas savoir très bien voir les choses et puis, les œuvres d'art ne livrent pas toute leur beauté aux profanes. Pour dire vrai, je me suis senti un peu dépaysé, pas à ma place, j'avais l'impression désagréable de ne percevoir que l'esthétique des peintures et des sculptures alors que leur force mystique m'échappait.

– Vous êtes trop exigeant, dit Anne, et vous voudriez que les artistes vous décernent des messages personnels, alors qu'ils n'ont peint et sculpté que pour donner le branle à ce qui est en vous.

– Je crains qu'il n'y ait pas grand-chose en moi, répondit-il avec amertume. Jusqu'à ce que je vienne ici, il y avait la pensée de mon père et tout ce qu'il m'avait enseigné, ses notions strictes du bien et du mal et cette méfiance du monde extérieur. Il envisageait en toute chose, dans l'art comme dans les êtres, leur insincérité, et pour suivre sa sagesse, j'avais clos le refuge intérieur. « À quoi bon voir les autres, les écouter, leur accorder des pensées, puisque tout est factice en eux et dans ce qu'ils produisent... »

Anne écoutait, stupéfaite.

– Mais c'est le péché contre la vie, le plus grave, et quel homme peut être assez misanthrope pour dénier toute sincérité à l'humanité ? Il y a au moins les faits. Tel amour, telle mort, tel poème. Niez-vous l'amour de Louis Malterre pour ma tante, ne croyez-vous pas à la cruelle grandeur de leur unité ?

Jean-Louis voulut répondre, mais elle l'arrêta d'un geste.

– Je sais, vous allez me dire qu'il a ensuite adopté la façon banale de vivre de millions d'autres hommes qui n'ont pas eu l'expérience de cette passion surhumaine, mais cela ne signifie rien. Il a connu l'extase qui n'est donnée qu'une fois aux artistes et aux saints et il est demeuré ébloui pour le reste de sa vie. S'il est entré ensuite dans le banal, c'est avec l'incurable amertume du souvenir.

Elle se tut un moment, le regard perdu sur le profil de la tour Mangia, puis avec une sorte de colère elle reprit :

– Vous qui n'avez pu partager cette extase, car même s'il vous l'avait livrée par des mots, vous n'auriez pu la partager, vous n'avez retenu de votre père que l'humain banal, l'homme qu'il parut être...

– C'est celui que j'aimais.

– Vous n'avez aimé qu'une personnalité sans âme, parce que son âme est ici dans cette ville, entre la maison de mon père et le cimetière... Elle n'en sortira jamais.

Jean-Louis demeura silencieux, stupéfait de voir expliqué par une toute jeune fille le secret d'une vie. Il sentait obscurément encore que ce qu'elle disait était juste, que son raisonnement conduisait à cette critique de lui-même qu'il n'avait jamais su aborder.

« Anne, pensa Jean-Louis, est l'aboutissement d'une longue lignée d'êtres sensibles, elle détient par atavisme une psychologie subtile, peut-être sait-elle mieux que moi-même dire ce que je suis. »

– J'ai confiance en vous, dit-il, malgré votre jeunesse et vos cheveux blonds et je crains bien de ne plus savoir qui était mon père.

Anne parut confuse.

– Je ne voulais pas aller si loin et jeter le trouble dans vos conceptions, mais j'imagine que votre père et Anna étaient deux êtres d'exception auxquels ne pouvait s'offrir qu'un destin hors série. Les juger d'après nous-mêmes est une erreur. Il faudrait être Dieu pour tout comprendre, parce que chez eux tout était âme.

– Maintenant, dit Jean-Louis, le problème n'est plus posé pour eux-mêmes, mais pour moi qui tourne désemparé dans le jardin dépeuplé de mes fantômes. Votre tranquille assurance, votre foi vous mettent à l'abri des incertitudes où je me débats.

Elle lui prit la main et sourit.

– Le moment n'est pas venu de la cueillette des fruits, sur les branches il n'y a encore que des bourgeons. Mais l'arbre n'est pas sec comme vous le pensiez, il faut attendre, le printemps sera lent et incertain, il y aura de tardives gelées et de précoces montées de sève, mais l'été vous sera donné, triomphant et fécond.

– C'est une parabole, dit Jean-Louis, soudain débarrassé de son angoisse par la chaleur caressante de la main de la jeune fille, ce sera la première à laquelle je crois.

Le lendemain et les jours suivants, ils continuèrent à visiter Sienne. On les vit marcher sur les remparts, de la porte San Marco à la porte Romana. Ils allèrent se rafraîchir à toutes les fontaines et, pour Jean-Louis, Anne traduisit le caquetage tout en voyelles des lavandières de la Fontebranda. Ils parcoururent à pas lents toutes les églises de Santa Maria della Servi à San Francesco.

À San Domenico, Jean-Louis vit Anne baiser dévotement le pouce momifié de sainte Catherine de Sienne, puis ils s'adossèrent au pilier où la sainte eut sa vision avant d'aller, en compagnie d'une nonne sourde, visiter la maison où elle grandit.

Ils revinrent deux fois à la Pinacothèque et aboutirent un soir, exténués, les yeux saturés de Vierges, de saints, de Nativités, s'asseoir sur les marches du Palazzo Bianchi.

– Alors ? dit Anne, sollicitant une impression d'ensemble.

– Alors, je suis ivre, dit Jean-Louis, ivre mais divinement lucide, comme si la vie de toutes ces œuvres d'art, nées d'autres siècles, rétablissait une sorte d'équilibre perdu depuis longtemps. C'est un traitement de choc, mais qui devient de jour en jour plus supportable et qui m'a fait oublier cette angoisse du vide qui m'était familière. Le moment est peut-être venu, dit-il, que je vous explique comment je suis arrivé il y a une semaine au cimetière de Sienne.

Anne, les mains croisées sur les genoux, eut un hochement de tête encourageant, comme si elle savait que, dans la cour du vieux palais, Jean-Louis franchirait une nouvelle étape.

Pendant plus d'une heure il parla, avec aisance et scrupule comme s'il faisait un intime bilan de son être. Anne, attentive, l'écoutait. De sa jeunesse, de sa vie aux Cèdres, de l'amour passionnément exclusif qu'il portait à son père, il ne lui cacha rien. Il lui fit lire le poème d'Alcobaça et Anne fut bouleversée parce qu'elle avançait aussi dans la connaissance de son propre passé familial.

– C'était un poète, dit-elle, comme Anna devait l'être et je les imagine tous deux rayonnant dans leur amour plein comme un cercle. Vous avez vu le *Paradis* de Giovanni di Paolo, vous vous souvenez de ces deux personnages en haut à gauche sous un arbre en fleur dont les visages expriment la paisible béatitude des êtres comblés ; ne trouvez-vous pas qu'ils ont l'air plus bienheureux encore que les saints qui les entourent ? C'est un peu comme si leur béatitude, leur satisfaction datait de plus longtemps que celle des autres qui viennent de découvrir le paradis, mérité par leurs vertus et leurs souffrances. Ils ne regardent pas alentour le rayonnement de la félicité qui s'exprime dans la somptuosité des fleurs et la joie sautillante du petit lièvre, ils ne voient qu'eux, ils se contemplent, ils s'unissent dans un regard. Dieu semble leur avoir donné la suprême volupté mystique de l'éternel face-à-face. Il a mis dans les yeux de chacun ce que tous les autres ne trouvent que dans la contemplation de Sa royale puissance. Je suis sûre qu'ils sont ainsi privilégiés là où il n'y a plus de privilèges.

Elle s'était animée et Jean-Louis, dont la pensée s'efforçait de suivre l'évocation paradisiaque, se prit à envier sa foi intuitive, en même temps qu'il concevait enfin, pour la première fois, que son père lui avait complètement échappé.

Anne eut soudain pour lui un regard chargé de tendresse. Jamais aucun être ne lui avait paru plus solitaire que cet homme, assis là, sur les marches du vieux palais, dans son costume sombre, avec sa chemise blanche à col raide, sa cravate grise et ses chaussures noires bien trop cirées. Depuis qu'il s'était ouvert à elle de son désarroi, elle sentait obscurément qu'elle devait l'aider à prendre conscience de lui-même, comme si les Batesti portaient une part de responsabilité dans l'incertitude où il se trouvait de vivre.

Ce soir-là, Jean-Louis invita Carlo, son fils et sa fille à dîner au Palazzo. Le vieux gentilhomme arriva dans un costume noir dont on devinait, malgré les lumières douces de la salle à manger, l'usure soigneuse. Les revers du veston, le col avaient été retournés et un œil exercé aurait vu, au bord des manches, un fil habilement passé pour en retenir l'effrangement. Anne portait sur son corsage blanc une sorte de gilet de velours noir, bordé d'un liseré d'or, fermé par un étrange bijou, pareil à une patte de fauve dont les griffes étaient des rubis taillés en forme d'ongles acérés.

– C'est une des agrafes de la cape de Pietro Batesti, qui fut capitaine de justice, dit Anne à Jean-Louis et, pour ce bijou, ces murs ne sont pas inconnus, ajouta-t-elle à l'attention de la comtesse, car comme chacun sait, le capitaine faisait une cour ardente à l'épouse du terrible Donelli de Crocci...

– Cela valut à mon ancêtre qui était trop sentimentale pour ne pas se laisser émouvoir par les vers que lui envoyait le capitaine, dit la comtesse, de finir ses jours dans un puits souterrain, qui existe encore dans les caves de ce palais. Immergée jusqu'à la taille, au fond d'un puits aux murs lisses, l'épouse infidèle du comte de Crocci y resta, paraît-il, plusieurs années. On lui descendait un panier au bout d'une corde et un banc de pierre lui permettait de dormir assise. L'eau souillée était périodiquement renouvelée par une vanne et ces jours-là les cris de la malheureuse faisaient résonner d'appels lugubres les souterrains sonores.

» Son amant qui était professionnellement chaque jour en rapport avec le bourreau de celle qu'il aimait mais qui, officiellement, ignorait tout de l'affreux supplice et ne pouvait y faire allusion sans se déshonorer et déshonorer sa maîtresse, conçut le projet de la tirer de là, en faisant creuser un souterrain. Il y parvint, mais quand il atteignit le puits où gémissait Mathilde, il n'y trouva qu'un cadavre qui avait pourri tout vivant. L'histoire dit qu'il en conçut un tel chagrin qu'il rendit publique sa liaison avec Mathilde de Crocci. Le mari de celle-ci le provoqua en duel et le tua sans qu'il se défende. Et la légende ajoute, dit la comtesse, en caressant d'une main sèche les lourds cheveux blonds d'Anne, que son épée fondit dans le cœur du capitaine, comme de la cire dans un brasier et qu'il n'en retira qu'un tronçon, ce qui lui fit perdre la raison.

La comtesse, qui aimait à raconter les scandales légendaires des Siennois de sa famille, attendit un instant pour juger de l'effet produit sur Jean-Louis.

Comme il demeurait silencieux tandis que les Batesti souriaient, la comtesse ajouta :

– Je pourrais vous montrer le puits où périt Mathilde, il n'a pas été bouché et l'eau l'a envahi. Il y a deux cents ans, quand on le vida pour le nettoyer on y retrouva des ossements humains, probablement ceux de la malheureuse, et cette bague d'or gris que je porte, comme la portait ma mère et qui est le plus ancien bijou de notre famille.

Jean-Louis, tandis que la comtesse servait le porto, comme s'il se fût agi de ses invités, ne put détacher son regard de la bague. C'était un simple anneau assez large, piqué de pierres bleues, qui semblaient être autant d'yeux cruellement perçants.

Pendant tout le dîner, Anne fut silencieuse tandis que la comtesse, à qui Jean-Louis avait demandé de jouer le rôle d'hôtesse, parlait avec Carlo et Pietro du Palio de juillet, comparant les mérites des cavaliers, la qualité des chevaux. Ils poussaient par moments des soupirs qui semblaient traduire de grandes inquiétudes quant aux chances de triomphes de leurs *contradas* et ils se glissaient à voix basse, comme de redoutables secrets, de faux renseignements.

Ils étaient pareils à des enfants occupés par un jeu de bluff désuet. Mais étaient-ils dupes ou s'appliquaient-ils à l'être pour maintenir la séculaire tradition publique, cet ultime luxe qui leur permettait, deux fois l'année, de cacher leur pauvreté sous les costumes de soie et d'or, de se faire donner un spectacle de style par le peuple, rendu pour un jour aux disciplines dont ils ressentaient dans leur palais l'absence définitive ? Étaient-ils des joueurs sincères ou des comédiens désespérés, qui acceptaient d'être les derniers à croire que la pièce qu'ils se jouaient avait l'apparence de la vie ?

Anne, qui, silencieuse, souriait de temps à autre à Jean-Louis, n'y croyait pas. Seule peut-être de cette caste siennoise obstinément cramponnée aux regrets du passé, elle avait fermé le livre d'histoire aux belles enluminures pour se voir elle-même vivante dans la réalité du siècle. Par l'âme, par l'esprit elle était une Batesti. Il y avait en elle une sorte d'atavisme spirituel, mais son orgueil lui était personnel et n'avait pas à se nourrir sans cesse de sa race. Tandis qu'elle traduisait de temps à autre pour Jean-Louis un terme du Palio, il remarquait combien elle était loin de cette table où, sur la dentelle de la nappe, les porcelaines dorées aux armes des Crocci paraissaient, sous les lumières, faites d'une terre de soleil, qui mettait d'étranges reflets de sang dans les cristaux colorés par le chianti.

Jean-Louis se posait quantité de questions, certes, mais il découvrait peu à peu au milieu de ces étrangers, qu'il aurait pu prendre parfois pour des fantômes travestis en êtres humains et rescapés de mystérieuses aventures, une quiétude rassurante. Par eux, depuis qu'il était à Sienne, il avait accès à un monde ignoré et le fait d'avancer dans la direction de son père lui ôtait toute méfiance.

Tout acte de vie, toute pensée échangée avait une importance particulière. Il était admis au banquet subtil de l'art et il découvrait par les passions, les légendes, les visions, la sincérité de l'expression. Il admettait maintenant qu'on pouvait trouver plus qu'une simple et complète sensation de beauté dans une fresque, que l'œuvre d'art n'était jamais une chose terminée et morte, bonne à être enfermée dans un musée, comme dans un cimetière où se trouvent scellés dans les salles des moments de vivante extase. Il sentait, confusément encore, que l'œuvre d'art était animée et renouvelée, qu'elle avait un langage, des appels, des complicités qui résonnaient en écho et que l'homme qui savait voir de l'œil intérieur pouvait y lire d'étranges et personnels messages. Il en était de même de la poésie et de la musique, mais il appréhendait secrètement ces modes de transmission sensoriels qui justifiaient les principes d'éternité.

Quand la conversation générale reprit sur les sujets inquiétants de la guerre atomique, des menaces, des défis qu'on se lançait d'une capitale à l'autre, il ne put y trouver d'intérêt. Quand on l'interrogea sur son usine et les produits qu'il fabriquait, il s'expliqua avec lassitude et découvrit avec stupeur que sa pensée n'avait eu aucune difficulté à s'en détacher. Tout en bavardant, il décida qu'un voyage en France devenait indispensable, mais il refusa d'en fixer la date, comme s'il estimait que le moment n'était pas encore venu de s'éloigner, comme s'il sentait que tout n'était pas encore éclairci.

Il raccompagna les Batesti jusqu'à leur porte et revint en fumant par les remparts. La nuit de printemps fraîche et claire le décida à marcher jusqu'au cimetière, dont les veilleuses semblaient être de loin de petits regards vifs, de petits regards inassouvis, risqués au-dessus des tombes par les morts.

La grille était entrouverte. Elle grinça un peu quand il la poussa. L'allée de cailloux blancs le conduisit jusqu'au mur du fond où se trouvait la tombe d'Anna. Vues de près, dans le halo multiple de leurs petites clartés éparses, les veilleuses perdaient tout leur mystère. Elles n'étaient plus que des lampes électriques dénuées de toute poésie. Et Jean-Louis, en faisant cette constatation, se réjouit de voir qu'il demeurait un être lucide.

Mais une ombre était assise sur la tombe. Il s'approcha jusqu'à la toucher, l'ombre eut un mouvement et une sorte de vapeur dorée lui révéla le visage d'Anne, quand elle leva la tête vers lui.

– Vous êtes là !

– Cette morte est à nous, dit-elle en passant la main sur la forme de marbre, à nous deux seulement, les autres expliquent sans avoir rien compris de son destin, mais vous et moi nous savons.

– Vous venez souvent ici, la nuit ? interrogea Jean-Louis.

– Oui, souvent, dit-elle, pour voir si le vent qui est plus fort dans le haut du cimetière n'a pas brisé l'ampoule de la veilleuse... et aussi quand j'ai quelque chose à décider.

– Et cette nuit ?

– Cette nuit, répondit-elle à voix basse, il n'y a pas de vent.

Ils restèrent un moment silencieux. Elle assise, lui debout, respirant son parfum. Autour d'eux les lampes aux feux inégaux étaient redevenues des yeux qui les fixaient, couple insolite dans cette réunion de tombes.

Jean-Louis attendait de cet instant nocturne un signe particulier, parce qu'il savait maintenant qu'il se trouvait engagé dans un cycle d'événements où se déciderait sa vie future. En allant à Alcobaça, en venant à Sienne, il n'avait fait qu'ouvrir des portes derrière lesquelles la connaissance de son père lui avait été donnée. Restait à découvrir le miroir qui lui révélerait son propre visage.

Anne parla.

– Il faut maintenant, Jean-Louis, que je vous aide. Vous étiez jusque-là comme un homme qui avait une vue déformante des choses et des êtres, ici devant cette tombe et dans la maison de mon père, vous avez été guéri et maintenant vous avez une vision juste. Vous étiez jusqu'ici un homme tranquille et assuré dans sa foi filiale, mais vous n'aimiez pas ce qui était le moins aimable. Maintenant tout se justifie de votre adoration. Mais vous, dit-elle, où êtes-vous, quel est ce corps qui porte votre nom, quelle est cette âme dont vous paraissez embarrassé ?

– Si je regarde en moi, dit Jean-Louis, je n'y vois que le vide.

– Je sais, dit Anne. Vous vouliez être votre père et vous n'avez imité qu'une enveloppe humaine et intellectuelle et dans votre application à suivre, à connaître, vous avez oublié d'être vous-même, un être différent, riche de celui que vous aimiez, mais indépendant, neuf, libre.

Elle releva la tête :

– Vous êtes un imitateur, Jean-Louis, un mauvais imitateur ; vous demeurez entre deux personnalités, celle de votre père, inaccessible, et la vôtre, mort-née. Maintenant vous avez cessé de voir autre chose que l'homme-modèle que vous adoriez. Voilà le vide expliqué. J'aurais pu dans ma famille suivre une pareille fausse route, il y a tant de traditions, de nobles préceptes et mon père ne passe pas un jour sans nous en entretenir. Il y a tant d'êtres exemplaires qui méritent d'être imités, Anna, par exemple, qui a fait de sa brève existence un tout unique.

– Le difficile, dit Jean-Louis, est d'accepter son propre personnage et de s'en satisfaire. J'avais l'impression que celui de mon père était satisfaisant.

– Les expériences des autres, reprit Anne, ne sont pas des principes mais des fardeaux. Il ne faut pas s'en charger comme ces voyageurs trop prévoyants qui emportent une foule d'objets qu'ils n'auront jamais l'occasion d'utiliser. Acceptez-vous maintenant de poser votre charge devenue inutile, Jean-Louis, et de marcher les mains libres au-devant de cet inconnu qui est vous-même ?

– Je crois que je le peux, Anne. Cette nuit dans ce cimetière, je me sens disponible. Vous me paraissez bien jeune pour savoir toutes ces choses et me les révéler.

– C'est là, dit Anne, que le passé a sa force et son influence. Je suis Anne Batesti, mais de mes ancêtres tyrans, soldats, artistes, demeurent en moi quelques principes héréditaires. Comme en vous, il y a quelques principes de votre père, mais ce ne sont pas ceux que vous aviez cru reconnaître.

Sur le cimetière, au milieu des veilleuses, une étrange paix – émanant peut-être de ces repos ajoutés – établissait pour Jean-Louis un silence neuf.

– Vous croyez en Dieu, dit Anne, et à l'âme, vous sentez ici, n'est-ce pas, que la mort n'est pas l'aboutissement au néant, mais une naissance à un autre monde, comme l'art et l'amour. C'est le triangle qui enferme nos destinées. Jusque-là vous étiez hors de ses murs, maintenant vous y êtes entré, vous y avez rejoint votre âme.

Jean-Louis fut à cet instant persuadé qu'il n'avait cherché depuis des mois que pour atteindre cette conviction. Une joie l'envahit, brutale et sourde. La lune à son premier quartier laissa passer entre deux cyprès une lumière jaune, comme celle d'une veilleuse brusquement dévoilée. Il vit la tombe d'Anna et cette main de marbre, qui se tendait obstinément comme implorant un geste qui aurait permis à la morte de se relever.

Alors une nouvelle évidence l'atteignit. Il se revit à Alcobaça devant les tombeaux d'Inés de Castro et de Pierre le Cruel et la solitude de cette main de marbre lui apparut significative.

– Il faut, dit-il à Anne, que mon père repose ici à côté d'elle, la place est marquée, c'était le sens réel des messages, après seulement je serai libre d'être moi-même.

Anne se leva, vive et mince, et lui prit les mains. Il vit qu'elle pleurait.

– Allons, dit-elle, l'équilibre est rétabli, vous seul pouviez décider.

Ils revinrent vers la ville déserte à travers le cimetière. Très loin, au-delà des collines, une ligne plus claire s'élargissait sur l'horizon. Dans quelques heures il ferait jour.

Sur le plateau du petit déjeuner, qu'il prit fort tard, Jean-Louis trouva deux lettres. Une de sa sœur où elle lui annonçait ses fiançailles avec Michel Vérimont, une de sa mère lui confirmant la nouvelle et précisant que la succession de son père était réglée. Jean-Louis sourit à cette lecture. Agnès traitait son mariage comme une affaire banale et on cherchait en vain la chaleur de l'amour dans ses phrases. Camille, en revanche, paraissait faire un exercice de style sur le nom de Georges Settier. Le notaire était cité toutes les deux lignes. Dans le règlement de la succession il avait été rapide, compréhensif, loyal, de bon conseil. Sa générosité, son tact, le respect du chagrin familial, l'admirable souvenir qu'il gardait du défunt, le souci constant d'interpréter l'esprit du testament...

Il aurait fallu être aveugle pour ne pas comprendre que Camille était amoureuse comme une collégienne du séduisant tabellion. Jean-Louis se dit que les circonstances faciliteraient les choses. Il répondit à Agnès une lettre de félicitations très fraternelle. C'était la première fois qu'il écrivait à sa sœur et il y mit plus de gentillesse et de sensibilité qu'il ne se serait cru capable d'en ressentir. À sa mère, il annonça son retour pour la semaine suivante.

Déjà, sans que sa pensée s'y attache, il formait un plan possible pour sa vie future. Reprendre la direction de l'usine lui paraissait fastidieux, sa sœur épousant un polytechnicien, fils du fondé de pouvoir, il lui serait peut-être possible de s'en dégager.

Mais il remit ces questions à plus tard. Le lendemain, il devait aller à Florence avec Anne, au musée des Offices, et déjeuner à Fiesole chez l'oncle de la jeune fille, celui qui « fabriquait » des orchidées.

Désormais, tout paraissait plus simple entre eux. Leur longue conversation nocturne du cimetière avait fait tomber les dernières barrières. Anne, trouvant l'audace et l'assurance après une méditation sur la tombe d'Anna, avait su provoquer chez Jean-Louis la scission entre le personnage qu'il avait joué jusque-là et cette personnalité nouvelle qui lui était propre ; grâce à elle, il paraissait s'être enfin découvert.

Quand il pensait à la nuit du cimetière, il y voyait une sorte d'extase et sa décision de faire transférer à Sienne le corps de son père avait été aussi subite et franche que si, de tout temps, la chose avait été logiquement inscrite dans ses volontés. Sur la route de Florence, ce matin-là, une joie réelle le poussait à plaisanter. Il était comme ces malades incurables à qui le médecin, admettant une erreur de diagnostic, vient annoncer leur guérison.

Anne aussi était heureuse. Sereine et mystique, elle voyait dans ce qu'elle appelait l'équilibre entre le monde des vivants et celui des morts, une sorte d'aboutissement fécond pour Jean-Louis et indispensable pour Anna, son idole. Elle avait appris par cœur le poème d'Alcobaça et s'occupait à le traduire en toscan.

À Florence, ils passèrent la matinée au musée des Offices et arrivèrent en retard au déjeuner de l'oncle Giovanni, à Fiesole. Le frère de Carlo les accueillit chaleureusement. C'était un poète qui ne vivait que pour ses fleurs. Les jours où il devait les expédier chez ses clients, les fleuristes de Rome, il était au bord des larmes. Pour lui, la guerre des guelfes et des gibelins n'était pas terminée. Il détestait les Florentins et au faîte de sa maison, une des villas où les Médicis mettaient en résidence surveillée leurs opposants, flottait un étendard siennois, noir et blanc.

Il refusait de vendre ses orchidées, les plus belles d'Italie affirmait-on, aux marchands de la ville des fleurs. Au physique, il ne ressemblait pas à Carlo Batesti. C'était une sorte de géant moustachu aux yeux bleus. Il portait un costume de velours côtelé sur une chemise ouverte et, sans la finesse et la blancheur de ses mains, on l'eût pris facilement pour un bon paysan toscan. Célibataire, on lui prêtait une jeunesse agitée et quelques duels retentissants.

Dans les moments de liberté, il écrivait ses Mémoires dont Carlo avait mission de s'emparer pour les brûler à sa mort, sauf si celle-ci intervenait après une certaine date qu'il avait lui-même fixée, dans quel cas ils pourraient être lus par ses descendants.

Il séduisit aussitôt Jean-Louis qui dut énoncer toutes les variétés de fleurs rares que contenait la serre de son père aux Cèdres. Ils allèrent ensuite voir les orchidées. Tandis qu'ils descendaient vers les serres, à travers les jardins en espaliers d'où l'on dominait les toits de Florence perdus dans une brume dorée d'où émergeaient les dômes et les tours, Anne retint Jean-Louis par le bras.

– Il paraît que, dans ses Mémoires, oncle Giulio raconte l'amour d'Anna et de votre père.

Les chaudes exhalaisons des plantes, l'atmosphère lourde et humide empêchèrent la nièce de Giulio de suivre la visite jusqu'au bout. Jean-Louis se maintint au bord de la migraine et entendit toutes les explications de son hôte. Quand il parlait des orchidées, Giulio n'était plus un horticulteur génial, il était zoologiste, dompteur, psychiatre.

– C'est parmi les orchidées que l'on trouve les manifestations les plus parfaites et les plus harmonieuses de l'intelligence végétale, dit-il, citant Maeterlinck. Pendant longtemps on crut la germination des graines impossible en Europe. Il fallait aller chercher, à Bornéo dans la jungle, les plantes sauvages, dont certaines comme la cataritidus repoussent l'insecte qui s'en approche. Sept années sont nécessaires pour obtenir une fleur, dit Giulio, dans ces serres maintenues à une température de trente degrés et j'ai, là, fécondé des plantes que je ne verrai peut-être pas fleurir. Ma première orchidée bleue a fleuri cinq ans après la mort d'Anna, ma petite sœur. Jamais je n'en ai réussi d'aussi belle. Elle porte son nom. En voici une, dit-il, en montrant la merveilleuse fleur à la fois charnue et légère, dont le stigmate frémissait comme une antenne de vie, et savez-vous que les philtres d'amour les plus puissants étaient préparés par les sorciers à partir d'une décoction d'orchidées ?

Il devint pensif et, au milieu de ces floraisons inquiétantes, de beautés naissantes ou pubères et prêtes à être livrées, l'oncle Giulio ajouta :

– C'est une fleur humaine et mystérieuse, elle est sensuelle et on a l'impression que le génie végétal n'a pas été jusqu'au bout de son geste créateur, comme si, soudain, un sens magique l'avait poussé à faire plus qu'une fleur, une sorte de fée charnelle et envoûtante.

Tandis que le maître des orchidées parlait et parce que le moindre geste dans cette atmosphère épaisse déplaçait des ondes, les fleurs, imperceptiblement agitées, s'éveillaient, semblaient s'affronter en un conciliabule végétal.

Jean-Louis retrouva l'air frais du jardin avec un vif soulagement et Anne, qui jouait avec un chien blanc, le rejoignit.

– N'est-ce pas, dit-elle à voix basse, que l'oncle Giulio a l'air d'un sorcier. Je suis sûre qu'il parle à ses fleurs et qu'elles lui répondent. Moi, elles me font peur.

Le malaise se dissipa très vite et Jean-Louis mit tout cela sur le compte de l'atmosphère tropicale de la serre. Avant qu'il ne quitte Fiesole, l'oncle Giulio tint à faire un cadeau à Jean-Louis.

– Il y a près de quarante ans qu'il est enfermé dans un tiroir. Il doit avoir à peu près mille six cents ans, il vient d'une de nos « campagnes », un paysan l'a trouvé un jour, en labourant.

Et il lui tendit une statuette de terre cuite, un ange guerrier portant un casque et un bouclier romain qui paraissait poursuivre une course ininterrompue à travers les siècles.

C'était une merveilleuse pièce qui eût fait la joie d'un collectionneur. Un peu de poudre d'or restait accrochée au bouclier. Mais Giulio avait l'air de juger le cadeau banal et les remerciements de Jean-Louis exagérés.

Plus tard, Anne dit à Jean-Louis que son oncle lui avait fait ce cadeau pour qu'il ne lui demande pas d'emporter une orchidée bleue.

– Le seul être au monde que Giulio jugeait digne d'en posséder une était votre père. Quand il vient à Sienne, oncle Giulio en dépose parfois dans ma chambre pour que je les porte sur la tombe d'Anna, mais toutes les autres naissent et meurent dans les serres. Père raconte qu'il y a, dans un coin du jardin, un endroit où son frère enterre les fleurs mortes, on l'appelle le cimetière des orchidées bleues. Popy, le chien, ne s'en approche jamais, comme si la terre avait, en ce lieu, un parfum de menace.

Avant de quitter Florence, Jean-Louis s'arrêta chez un chemisier. Il acheta quelques chemises légères à col souple, deux ou trois cravates à tons vifs, un veston de sport et un pantalon gris. Anne le plaisantait :

– Vous nous montez une garde-robe italienne...

– Hier, dit-il, je me suis aperçu en nouant la vieille cravate de mon père que les couleurs n'étaient pas aussi inconciliables avec ma personne que je le croyais. J'étais voué au gris depuis toujours, je veux voir quel effet je pourrais produire dans d'autres tons...

Ils rirent franchement et reprirent la route de Sienne.

Les jours suivants ils allèrent à San Gimignano voir les tours, à Volterra où ils s'attardèrent au musée étrusque et chez les sculpteurs d'albâtre et d'agate. Ils firent une autre fois le tour du lac Trasimène et gravirent au-dessus d'Assise la colline où saint François s'était construit un oratoire au milieu des oiseaux et des fleurs. À Pienza, ils visitèrent le palais des Piccolomini où le dernier descendant pleurait encore son fils, tué en combat aérien en 1940, en faisant visiter la chambre qu'occupait, quand il venait se reposer en Toscane des soucis du Vatican, son ancêtre le pape Pie II.

Ils arrivèrent un matin à Chiusi. Sur la colline, le village paisible fut autrefois une des douze lucumonies d'Étrurie qui firent trembler Rome. Il apparut à Jean-Louis comme un site idéal. La cité était telle qu'il aurait imaginé, si jamais ses pensées l'y eussent conduit, le refuge humain le plus serein et le plus calme. Depuis qu'à Volterra, un guide prolixe et tuberculeux lui avait montré quelques urnes cinéraires et quelques pièces de bronze ou de céramique, tout ce qui touchait aux Étrusques passionnait Jean-Louis.

À Chiusi, il fut comblé. Anne dut lui livrer toutes ses connaissances sur le sujet et il ne consentit à sortir du musée que pour se rendre en pleine campagne à la recherche des tombes, dont les paysans indifférents détenaient les clefs. Dans les tombeaux souterrains, en admirant les fresques millénaires peintes sur la pierre sèche, Jean-Louis ressentit pour la première fois de sa vie une sorte d'enthousiasme artistique. Il était dans ce tuf même de la civilisation toscane et les artistes inconnus avaient su mettre là une foi mystérieuse et triomphante qui avait passé le temps et la mort. Le fait qu'on ne sache rien de ce peuple, ni ses origines, ni ses mœurs, ni sa religion et que les inscriptions qu'il a laissées ici et là soient demeurées incompréhensibles avait un attrait particulier.

– Mon père a un vieil ami très érudit qui dirige

les fouilles de la région depuis plus de quarante ans, je crois qu'il sait tout ce qu'on peut savoir des Étrusques. Je vous le présenterai si vous voulez et vous pourrez même séjourner chez lui.

Avant de regagner Sienne, ce jour-là, Jean-Louis voulut revenir au musée. Anne demanda grâce. Seul au milieu des vases et des urnes cinéraires, le jeune homme sentit naître une sorte de vocation. La curiosité le tourmentait de savoir qui étaient les hommes et les femmes dont les bustes émergeaient des couvercles des cercueils de pierre, comment ils avaient vécu, aimé et souffert, et s'il est vrai, comme l'affirment certains savants, qu'ils croyaient en un dieu unique créateur du ciel et de la terre, disposant d'un lieu de supplices pour tourmenter après la mort les âmes des méchants. Sur tous ces visages de pierre, il croyait reconnaître un même air ironique, une sorte de provocation amusée. Cavaliers montant de grands chevaux à tête fine, marins, danseurs, musiciens, guerriers gracieux et décidés, des siècles de vie grouillaient en eux.

Pour Jean-Louis, pendant longtemps le monde s'était limité à un seul être, puis à une seule entreprise dont le maintien et le développement paraissaient une finalité. Son père avait été sa religion et son Dieu et cette sorte d'éblouissement permanent dans lequel l'avait tenu son souci de l'imiter en tout, de lui ressembler, d'être un reflet parfait lui avait fait nier le monde.

Maintenant, tandis qu'il fixait cette étrange déesse à longues nattes, aux mains croisées avec ferveur sur la poitrine née du ciseau mystique et inspiré d'un artiste qui avait habité ces collines aux rondeurs adoucies, il ressentait une sorte de honte et se trouvait dans l'attitude de celui qui a beaucoup à se faire pardonner. Il devinait qu'en péchant contre l'essence qui animait les créateurs depuis la création, il avait péché contre lui-même. Il avait pratiqué une sorte de séquestration de sa propre personnalité, sans profit puisque celle de son père lui avait échappé. Pour se retrouver lui-même, pour se recréer, il estimait nécessaire de repartir de fort loin. Plus sûrement qu'à travers ses ascendants immédiats, il trouvait ses propres racines dans un monde primitif, où tout, comme en lui-même, n'était encore qu'incertitudes.

Sa progression était jalonnée de tombes. Les gisants d'Alcobaça et cette étrange fille qui à travers le viseur de ses appareils photo cherchait, elle aussi, l'accès à une cité perdue et à laquelle il pensait quelquefois, la tombe d'Anna Batesti et maintenant ces urnes cinéraires où la densité de la vie secrète d'une civilisation oubliée mettait un charme envoûtant.

« L'art, la mort, se dit-il, Anne a raison, une

même naissance à quelque chose qui est la vérité de nous-mêmes et l'amour. Trois directions qui convergent vers la sublimation de cette secrète puissance de la pensée. »

Tout était encore bien confus dans son esprit. Il était comme le découvreur de trésors qui possède une carte incompréhensible parce que la rose des vents n'y figure pas. Il ne sait comment se situer par rapport à la carte, ni l'orienter de façon convenable.

À ces pierres taillées, à ces fresques sauvées des griffes des siècles par la profondeur des tombes, à ces vases de terre noire et lisse, fêlés et ébréchés, à ces coupes de bronze où des lèvres sèches d'amants rompus de volupté s'étaient trempées, à ces urnes vides couvertes de bustes, pouvait-il demander le chemin de toute vie ? Il le pensait. Par eux, il voulait réapprendre ses origines. Par eux, la mort paraissait dépassée et vaine, puisque pouvait se transmettre, avec le soutien de l'imagination, tout ce qui avait animé les temps révolus.

Jean-Louis demeura dans le musée jusqu'à la nuit. Le garde, qui ne paraissait pas se soucier de l'heure de la fermeture, respectait sa méditation. Quand il rejoignit Anne, sur la petite place où il avait rangé la voiture, elle lui sourit d'un sourire grave parce qu'elle savait que son compagnon approchait lentement de lui-même.

Sur la route de Sienne, il annonça son prochain départ.

– Je ne pense pas être absent longtemps, dit-il, je dois régler certaines choses, mais je reviendrai et je pense m'installer à Chiusi, si l'ami de votre père accepte toujours des pensionnaires. J'aimerais étudier les Étrusques sur place.

– Je m'occuperai de tout, assura la jeune fille. Quand vous reviendrez, tout sera prêt.

Ce même soir, il fut invité à dîner chez Carlo et pour se rendre à l'invitation il revêtit le costume acheté à Florence. Habillé, devant la glace de sa chambre, il eut un sursaut en découvrant un Jean-Louis inconnu. Le pantalon clair, la veste de sport et la cravate colorée achevaient une transformation plus profonde. À Sienne, il avait un peu maigri et sa peau avait perdu sa pâleur grise. Sous un bronzage léger, les cernes des yeux avaient disparu. Il se trouva à la fois plus jeune et plus vieux.

Jean-Louis n'avait jamais été considéré comme un beau garçon. Sa taille ne dépassait que de peu la moyenne et il avait toujours envié la minceur souple de son père, beaucoup plus grand que lui. Ils avaient tous deux les yeux d'un bleu très clair et le même nez assez fort, aux ailes fines et bombées. Jean-Louis avait la bouche plus épaisse que son père, les lèvres plus colorées, mais leurs mentons étaient identiques, carrés et plats, ce qui conférait à leur physionomie une certaine dureté plus apparente chez le père dont les joues offraient une surface plate des tempes au menton.

Un an plus tôt, Jean-Louis, qui cependant soignait toujours sa mise, ne se serait pas attardé devant une glace. Maintenant, il s'observait minutieusement, comme s'il cherchait sur sa personne la trace des modifications intérieures.

Quand il entra dans le bureau de Carlo, qui lui était désormais familier, le vieux gentilhomme lui sourit.

– L'air de Toscane vous réussit bien, dit-il.

Puis il ajouta, sans comprendre quelle secrète flamme de plaisir il allumait au cœur de son visiteur :

– Jamais vous n'avez autant ressemblé à votre père.

Le dîner fut très gai. Pietro venait de réussir un examen difficile et son exubérance, augmentée par sa satisfaction, le conduisait à une sorte d'ivresse. C'était un grand garçon osseux, encombré de ses bras qui paraissaient démesurés comme les jambes des poulains.

– Vous êtes toscan maintenant, vous ne pouvez manquer de revenir et comme je vais partir à l'École d'architecture de Rome, mon père sera heureux de vous avoir pour bavarder.

– Mais je reviendrai sûrement bientôt, dit-il en

regardant Anne, je crains bien de ne pouvoir désormais rester longtemps loin de Sienne.

Carlo et sa fille échangèrent un sourire, comme si une discrète complicité unissait le père et la fille.

Le lendemain Anne accompagna Jean-Louis à la gare. Il devait prendre le train pour Rome, où il aurait un avion pour Paris. Sur le quai, avec sa valise et son costume gris, dans lequel il se sentait un peu mal à l'aise, Jean-Louis fut saisi d'une crainte. Il redoutait de quitter cette ville et cette jeune fille, il craignait de ne plus les trouver telles qu'il les laissait l'une et l'autre. Et puis, à l'instant de la séparation, il découvrait qu'une grande tendresse le poussait vers Anne et, sans même réfléchir à la façon dont il pourrait le lui dire parce que l'horloge de la gare le pressait, il se tourna vers elle.

– Anne, dit-il, quand je reviendrai, plus tard, bien plus tard, accepteriez-vous de m'épouser ?

Avant qu'elle ait eu le temps d'esquisser une réponse, il bredouilla des excuses pour la façon dont il faisait cette déclaration.

Anne n'avait pas paru étonnée. Elle eut un sourire triste.

– Vous n'êtes pas encore guéri. Nous autres, Toscans, nous savons reconnaître l'amour et vous ne m'aimez pas, Jean-Louis. Vous voulez simplement essayer de réussir dans la vie ce que votre père a accompli dans la mort. Vous continuez à imiter. Je suis la nièce d'Anna. Je me sens plus que sa nièce, sa sœur, mais il n'est jamais donné de grâce identique à des êtres différents. Vous me portez une grande amitié, moi j'ai pour vous une sorte d'amour fraternel qui a ses racines plus profondes et plus lointaines que vous ne le pensez, mais l'amour ne s'imite pas... et puis, ajouta-t-elle malicieusement, peut-être suis-je déjà fiancée !

Jean-Louis, décontenancé, vit arriver son train.

– Vous avez sans doute raison, dit-il avant d'y monter. Oubliez ce que je viens de vous dire.

Alors, elle lui jeta ses bras autour du cou et l'embrassa très fort sur les deux joues, comme une petite fille qu'elle était.

– Revenez vite ! lui cria-t-elle, comme le train démarrait.

Et Jean-Louis fit un signe rassurant comme s'il voulait dire qu'il était de ce pays-ci.

Dans le train puis, plus tard, dans l'avion, il ne put détacher ses pensées de la Toscane. Il aimait Anne, mais ce n'était pas d'amour puisque son refus et la possibilité qu'elle soit fiancée ne lui avaient causé nul chagrin. Au contraire, maintenant, il se sentait plus près d'elle, parce que se trouvait dissipé ce que son conformisme pouvait imaginer d'équivoque dans leur intimité. Il ne l'aimait pas non plus comme une amie, ni comme une sœur. Il l'aimait comme la vie possible qu'elle lui avait révélée. Et à travers elle, c'était lui, cet homme inconnu, qu'il commençait à aimer depuis qu'il avait cessé de jouer les imitateurs.

Il savait bien que si Anne avait accepté maintenant d'être un jour sa femme, le bonheur leur aurait été refusé, parce qu'il ne lui aurait offert qu'un amour étudié. Il serait resté définitivement un acteur mal démaquillé qui aurait exprimé les sentiments d'un autre avec des mots à lui ou, plus gravement, ses sentiments personnels avec les mots de son rôle. Tous deux auraient été dupés parce que la fiction aurait dû prendre la densité d'une réalité inapprochable.

« J'étais devant moi-même comme devant une vitrine dont on aurait baissé le rideau de fer, pensa Jean-Louis, raisonnant à la manière d'Anne. Elle m'a appris que la vitrine n'était pas vide, puis elle a soulevé le rideau. Jusqu'à ce matin, je ne devinais que confusément le contenu de la vitrine. Maintenant la lumière est venue et je vois. »

Il ne fit que traverser Paris en taxi. Le lendemain matin, il sonnait à la grille des Cèdres comme un homme qui revient chez lui après des années d'absence, prêt à trouver à toute chose une signification différente.

À son appel, Émile déclencha de son pavillon le mécanisme qui ouvrait la porte, après avoir reconnu Jean-Louis. Deux choses l'étonnèrent, tandis que le maître des Cèdres montait vers la villa : il sifflotait en regardant les arbres, il avait aussi négligé de refermer le portail derrière lui, comme si, bientôt, il devait repartir.

TROISIÈME PARTIE

LE COMMENCEMENT

1.

Le temps des décisions était venu. Le lendemain de son retour aux Cèdres, Jean-Louis dit à sa mère après le déjeuner :

– Tu me demandais hier ce que j'avais découvert en Toscane et je n'ai pas complètement répondu à ta question. J'y ai trouvé une autre raison de vivre que cette usine. Si je te parle des Étrusques, tu me diras sans doute que des savants se sont préoccupés de définir leurs origines sans y parvenir et que c'est une spécialité qui m'est étrangère. Tu auras raison, mais je pense que tu comprendras qu'on ne discute pas les passions soudaines.

Camille, plus blonde et plus élégante que jamais, pensa à Georges Settier, sa passion soudaine et définitive, et dit qu'elle comprenait fort bien.

– J'ai donc décidé, poursuivit Jean-Louis, de

confier la direction de l'usine à Michel Vérimont dès qu'Agnès sera devenue sa femme et de retourner vivre un certain temps en Toscane.

Camille, qu'animait une joie permanente depuis que l'amour lui avait été révélé, admit encore que Jean-Louis avait raison.

– D'autre part, pour les intérêts de la famille, je compte sur Me Settier, il saura les protéger et j'envisage de lui confier le portefeuille.

Mme Veuve Malterre trouvait son fils bien changé. Il parlait davantage et avec une aisance, une sorte de gaieté qu'elle ne lui connaissait pas, mais il n'avait rien perdu de sa netteté.

– D'ailleurs, ajouta Jean-Louis poursuivant son propos et poussant une botte décisive, Me Settier sera d'autant plus consciencieux que les intérêts de la famille seront bientôt les siens, car vous finirez bien par vous marier un jour...

Camille rougit comme une collégienne qui vient de s'apercevoir que son flirt est éventé. Elle tira de la manche de son tailleur un petit mouchoir parme, parut en mesurer l'ourlet attentivement et murmura :

– Me Settier fera sa demande, quand tu le jugeras convenable.

– Je te souhaite beaucoup de bonheur, dit Jean-Louis, qui ressentait une pitoyable tendresse pour cette femme dont la jeunesse venait d'éclore à cinquante ans.

Camille se mit à pleurer doucement, le nez dans sa pochette. Jean-Louis vint l'embrasser, comme s'il croyait que ces larmes montaient d'un souvenir de chagrin et non de la douce émotion que répandaient en elle son acceptation et ses vœux.

– Il est très bon, dit-elle, et nos deux solitudes...

Mais son fils ne la laissa pas poursuivre. Il savait, lui, comment on pouvait être dupe de son propre rôle et celui de sa mère en veuve inconsolable ne lui plaisait pas. Agnès, au soir de son arrivée, avait su parfaitement définir la liaison de leur mère avec le notaire : du sucre d'orge et un grand lit...

Déjà Camille s'était levée, prête à courir au téléphone pour appeler Georges qui, depuis la veille, enfermé chez lui, attendait le résultat d'une conversation qui ne pouvait être éludée.

– Ce n'est pas tout, dit Jean-Louis. J'ai maintenant une grâce à te demander.

Camille rejoignit son fauteuil, inquiète, en prenant soin toutefois de ne pas froisser sa jupe.

– Je voudrais que tu m'autorises à faire transférer le corps de mon père à Sienne.

Ce n'était que cela. Camille fut rassurée, mais elle crut naturel de demander pourquoi.

– Je vivrai là-bas, dit Jean-Louis, et je voudrais qu'il soit près de moi.

Il avait pensé un moment à dire toute la vérité, mais il se doutait que sa mère se satisferait de moins et, d'autre part, il lui répugnait de livrer ce secret, dont il se trouvait seul dépositaire.

Camille sentit monter de nouvelles larmes à la pensée qu'elle pourrait donc être enterrée avec Georges Settier, son second mari.

– Je comprends que ce soit difficile, dit Jean-Louis, comme s'il croyait voir en ces pleurs un signe d'ultime arrachement.

Et au milieu de cet attendrissement à double sens, après un silence convenable, Camille accepta.

– Tu peux.

Puis elle ajouta doucement par une sorte de franchise intuitive ou de puérile générosité :

– C'était toi qui savais le mieux l'aimer.

Ce fut Camille, cette fois, qui se leva pour venir embrasser son fils. Elle était émouvante avec ses joues tachées de Rimmel et sa lèvre inférieure tremblante. Quand elle quitta le salon, Jean-Louis, très sincèrement, souhaitait qu'elle soit désormais heureuse dans un bonheur à sa taille.

Tout s'était passé simplement. Agnès devait rapporter le soir même l'acceptation de Michel Vérimont pour le poste de directeur-gérant des usines Malterre. Jean-Louis traversa le salon où flottait un soleil fade, lointain cousin dégénéré du soleil toscan.

Il regarda sa montre et imagina le Campo à trois heures de l'après-midi, les pigeons tournoyant, guettant les lanceurs de graines, et l'ombre de la tour Mangia reliant, comme un fluide tapis, le palais Vecchio à la fontaine Gaia. Il pensa au vieux Carlo déchiffrant un traité d'héraldisme, à son frère Giulio penché sur ses monstres végétaux dans les serres chaudes de Fiesole, puis à Anne marchant dans les ruelles, ses livres sous le bras. Une déesse dans la jupe d'une écolière. Il imaginait aussi le cimetière et ses veilleuses invisibles dans le soleil, mais présentes et obstinées. Elles montraient à qui s'en approchait que la grande clarté du monde vivant demeurait vaine sur ces tombes où se balançaient les minuscules lampions de la grande fête des morts.

Le lendemain, Jean-Louis, après avoir posé dans la chambre de son père, sur la vieille table qui servait de bureau à Louis Malterre, l'ange guerrier offert par Giulio Batesti, entreprit les démarches nécessaires pour obtenir le transfert du corps de son père du caveau de famille à celui où reposait Anna, de l'autre côté des Alpes.

Ce fut long et difficile. Il dut faire intervenir des relations parisiennes et payer des droits élevés.

La République ne lâchait pas sans en tirer profit la dépouille de l'un de ses citoyens. Jean-Louis eut un entretien à ce sujet avec Georges Settier qui, comme sa mère, crut indispensable de l'assurer qu'en épousant Camille Malterre, il ne ferait « qu'unir sa solitude à une autre » « ... et régulariser une liaison », répondit ironiquement Jean-Louis, qui ajouta pour tempérer cette brutalité, que sa mère paraissait plus heureuse et plus jolie que jamais.

Le notaire s'inclina et fit diligence pour activer le transfert qui allait débarrasser sa maîtresse du mince souvenir de son premier mari.

Michel Vérimont avait naturellement accepté la direction de l'usine. Avant que Jean-Louis ne ferme son bureau, il avait même tenu à lui soumettre un plan d'expansion qui ressemblait au cours d'un théoricien de Polytechnique. Le fils de Louis Malterre en prit connaissance en pensant à autre chose et fit simplement remarquer que la réalité refusait parfois d'entrer dans les moules qu'on lui avait scientifiquement préparés. Vérimont fils, avec l'assurance que confèrent les diplômes et les majorats, manifesta un étonnement amusé. Il estima qu'il était temps que son futur beau-frère se consacre à l'étruscologie.

Sa dernière soirée aux Cèdres, Jean-Louis la passa en famille. Un dîner réunissait Agnès et son fiancé, Me Settier et sa mère. En face de ces couples dont les préoccupations étaient si différentes des siennes, il se sentait étrangement seul. L'avenir de l'usine, les placements financiers ne parvenaient plus à l'intéresser. Peut-être était-il déjà trop loin de ce monde, de sa jeunesse, pour suivre ses interlocuteurs.

Agnès, ambitieuse et déjà intérieurement desséchée, ferait une épouse digne, une mère sévère. Elle serait la bourgeoise sans générosité devant la vie. Maintenant, au côté de son fiancé, un homme mince au teint définitivement blafard – la patine des études et la moiteur des examens préparés et réussis –, elle offrait le contraste d'une beauté bien nourrie. Jean-Louis se demanda si le jeune Vérimont avait eu connaissance des aspirations populo-syndicalistes de sa fiancée... Il aurait été bon qu'il le sache, pensa-t-il, car cela eût été une garantie qu'elle n'y céderait plus jamais et qu'elle afficherait l'indifférence convenable envers les gens de l'usine et une intransigeance pleine de rancune à l'égard de ses domestiques.

À l'autre bout de la table, les amoureux quinquagénaires se souriaient en se passant les plats. Jean-Louis était sûr que leurs pieds se cherchaient sous la table. Il voyait palpiter les seins de sa mère dans son décolleté, toutes les fois que Georges Settier parlait. Il y avait quelque chose de sexuel dans leurs gestes et leurs regards, dans leur façon de manger même, en se jetant des coups d'œil où perçait l'acuité d'un désir permanent, quand ils pensaient qu'on ne les voyait pas. « Eux, au moins, pensa Jean-Louis, ils le tiennent leur bonheur. Ils vont l'égrener en chapelets de mots ardents jusqu'au jour où ils se le diront en litanies intimes de souvenirs exténués. » Et il se demanda un moment si sa mère pouvait encore faire des enfants.

S'il leur avait demandé brutalement aux uns et aux autres : « Qui êtes-vous et que faites-vous là, dans ce monde ? », ils auraient été étonnés et auraient fourni des réponses toutes prêtes, d'une sage banalité. Les religions et les philosophies sont là, et l'orgueil aussi, pour fabriquer des défenses contre les inquisitions de l'esprit.

Finalement il avait hâte de partir, de poursuivre la quête de lui-même à travers cette passion qu'il s'était découverte à Chiusi. L'impatience de Lancelot était en lui. Les liens, ici, se rompaient un à un. Sa maison était en ordre, il pouvait entrer dans la vie, comme on entre en religion avec une soif de foi inextinguible et la précieuse assurance en ses promesses non divulguées.

Le lendemain, dans ses valises, il mit très peu de choses et fit une caisse de livres qu'il avait commandés à Paris et à Londres sur les Étrusques.

Les ouvrages de Dennis, d'Ernout, de Grenier, de Bloch complétaient tout ce qu'il pourrait trouver en Italie sur ce sujet. Puis il fit ses adieux. Agnès marqua quelque étonnement quand il annonça qu'il ne serait pas là pour son mariage fixé au début de l'année suivante.

– Tu pars pour longtemps, si je comprends bien.

– Peut-être pour longtemps... Pour plus longtemps peut-être que je ne crois.

Elle eut un accès de tendresse fraternelle :

– Tu es malheureux depuis la mort de Père.

– J'ai été très malheureux, dit-il, mais maintenant je sais que ces mots de bonheur et de malheur ne signifient rien et qu'il y a par-delà d'autres limites à atteindre.

Agnès eut un sourire.

– Si je me souviens du collège, la philosophie t'ennuyait prodigieusement et maintenant tu sembles avoir des préoccupations de philosophe.

– Rien n'est changé, je t'assure, mais la preuve m'a été donnée – peut-on parler de preuve ? – que l'éthique et la métaphysique restent chaque fois à redécouvrir pour chaque être et que, pour savoir, il fallait tout oublier. Je suis resté trop longtemps un enfant. Dans ma vie d'homme mûr, des vides demeuraient artificiellement comblés par toutes mes fausses acceptations. Maintenant, je sais que la seule découverte valable est de savoir comment on se rattache à l'éternité. Car, dit-il enfin, la mort ne gagne que si elle saisit un vaincu et celui qui sait y voir la grâce inéluctable d'une naissance peut l'attendre comme une révélation.

– Le paradis ou l'enfer, le néant ou la réincarnation, répondit Agnès, nous avons encore d'autres choix.

– C'est là qu'est l'erreur, nous n'avons pas de choix à faire pour le lendemain de la mort. On ne nous demande que de choisir la vie jusqu'au bout.

– Tu ne penses pas entrer dans les ordres, dit Agnès, cherchant toujours une explication à ce qu'elle croyait être un mysticisme soudain.

– Pas un seul instant.

– Alors, tu vas peut-être retrouver quelqu'un qui t'intéresse.

Elle n'osait dire « de qui tu es amoureux ».

– Oui, je vais essayer de retrouver quelqu'un qui m'intéresse, qui m'intéresse beaucoup et que j'ai enfin rencontré : moi.

Il y eut un silence, puis Agnès se leva pour regagner sa chambre. Ils se souhaitèrent le bonsoir.

Du haut de l'escalier, elle se pencha sur la rampe et regarda un moment cet homme assis dans le salon. « On a toujours tort de se poser autant de questions », pensa-t-elle. Et comme elle avait elle-même fait un retour rapide dans l'harmonie préétablie de la famille, après son incursion dans ce qu'elle avait cru être la vie, elle se dit que son frère aussi reviendrait aux Cèdres. La boiserie eut un craquement et Jean-Louis leva la tête. Il vit sa sœur qui, penchée, l'observait. Il lui fit un signe de la main.

Elle s'en fut jusqu'à sa chambre avec la sensation qu'il y avait un étranger dans la maison.

2.

Au printemps finissant, la campagne de Chiusi avait les couleurs d'un tableau du Tintoret. Comme une cristallisation anarchique au flanc rocheux d'une haute colline, les maisons de la vieille cité construite dans le tuf retrouvaient des reliefs patinés. Çà et là, des lessives familiales mettaient aux façades agglomérées des taches éblouissantes et l'on pouvait imaginer sur les remparts de rudes guerriers aux yeux perçants, surveillant le panorama de la vallée de Chiana par où arrivèrent les envahisseurs romains.

Mais, sur les terrasses fissurées, il n'y avait que de vieux paysans ignorants des dangers ancestraux. Ils tournaient au paysage leur dos arrondi par les travaux des champs. Leurs fils et leurs filles dans des boutiques pimpantes et bariolées attendaient les touristes, car Chiusi l'étrusque vivait de ses tombes.

La villa de Pietro Bartoli, le vieux professeur d'archéologie qui n'avait commencé à goûter la vie réellement qu'à l'âge de la retraite, était à un quart d'heure de la place du Marché. Il avait enrichi le musée local du produit de ses fouilles et le plus clair de ses revenus passait à payer des cultivateurs dont il faisait des archéologues amateurs sceptiques, mais intéressés.

Quand une équipe avait mis la main sur quelque pièce, Pietro Bartoli renvoyait tout le monde, prenait lui-même la pelle et la pioche, car les paysans étaient plus soucieux de vendre à un bon prix à un Américain de passage ou à l'antiquaire qui venait deux fois l'an de Lugano un débris de vase ou un couvercle d'urne, que d'augmenter le trésor du musée.

Dans la Fiat d'occasion achetée à Sienne, Jean-Louis et Anne arrivèrent chez Bartoli à l'heure du déjeuner. On se mit vite d'accord sur les modalités du séjour du Français. Pietro Bartoli n'était pas mécontent de voir s'installer chez lui un homme jeune qui serait à la fois un élève sans idées préconçues et un robuste fouilleur. Il remplit les verres de vin rosé et les invita à s'asseoir.

– On affirme, dit le vieux Bartoli dont le visage mince et sec contrastait avec ses mains vigoureuses et crevassées par les fouilles, que je suis l'homme qui en sait le plus sur les Étrusques. En fait, je ne sais pas grand-chose. J'ai écrit quelques livres, j'en ai lu beaucoup mais un peuple qui ne nous a légué que des cimetières est difficile à connaître. Il faut encore chercher et ne pas laisser l'imagination fabriquer l'histoire. Je serai heureux de vous avoir à mon côté.

– Je suis totalement ignorant, dit Jean-Louis, et mes bras vous serviront plus que mon esprit.

– Si vous avez la foi et si vous acceptez de remuer dix mètres cubes de terre dans l'espérance d'une trouvaille qui ne sera peut-être qu'un débris d'assiette, vous pouvez rester sans crainte, vous ne serez pas déçu.

En cet instant, Jean-Louis aurait voulu expliquer qu'il n'était plus accessible aux déceptions, qu'il espérait trouver dans le tuf de Chiusi autre chose que des vestiges d'Étrurie. Mais il se tut et laissa le vieux Bartoli bavarder en italien avec Anne. Par-delà une fenêtre ouverte, sur une véranda aux colonnettes de bois brut prises aux lassos multiples des pois de senteur, étreintes par la vigne vierge, l'océan figé des collines gonflait ses vagues molles et rondes. À l'horizon, les dernières vapeurs lumineuses du couchant diluaient les tons bleus et verts de la terre et du ciel en une large bande indécise. Jean-Louis se prit à penser que ces lumières lui seraient bientôt familières, qu'il connaîtrait leur mouvante intensité, que les saisons viendraient qui les déplaceraient ou les voileraient, qu'il compterait les moments, non pas en heures ou en jours, mais en nuances et en ombres.

Jamais il ne s'était senti aussi complètement disponible et, en même temps, aussi sûrement installé dans le temps. La fraîcheur du chianti, le reflet de cuivre éclatant dans les cheveux d'Anne, le craquement d'une allumette du vieux Bartoli rallumant sa pipe, l'œil humide de curiosité ou de méfiance du chien de la maison, tout paraissait d'une définitive sérénité.

Les gens et les choses lui offraient sans façon le partage de cette paix et lui, qui cherchait encore des bases au sentiment de sa propre réalité, s'y insinuait. Peut-être était-il né pour ce lieu, dont il aurait aussi bien pu ne jamais soupçonner l'existence.

– On va vous montrer vos appartements, dit Anne en se levant.

Derrière le vieux Bartoli, ils traversèrent le jardin, et marchèrent jusqu'à une petite maison à un étage.

– Vous logerez au-dessus de l'atelier, dit le professeur. C'est ici dans cette ancienne écurie que je passe mes jours d'hiver à reconstituer les pièces brisées, à coller, à ajuster.

Un petit escalier de bois plaqué à la façade

permettait d'accéder, par un balcon aux planches disjointes, à une grande pièce. Le professeur Bartoli ouvrit les volets et Jean-Louis aperçut un vaste lit très haut, une grande table de bois, un fauteuil et quelques chaises. Le crépissage à la chaux des murs disparaissait du plancher aux poutres, derrière des milliers de livres.

– Vous aurez de quoi lire, dit M. Bartoli. Quand vous saurez tout ça, ajouta-t-il en désignant les rayons d'un geste nonchalant, la confusion sera telle dans votre esprit que vous ne croirez plus qu'aux vertus enseignantes de la pelle et de la pioche.

Jean-Louis apprit que le ménage serait fait tous les jours pendant l'heure du déjeuner par Maria, la fille des fermiers voisins.

– C'est un peu monastique, dit Anne en souriant, vous y plairez-vous ?

– Je m'y plais déjà beaucoup, mais j'ai l'impression qu'il faudra que tout ici m'accepte, je crains que mes façons d'étranger et mes habitudes d'avilissement au paresseux confort ne soient mal vues par les livres et les meubles.

Le professeur rit, d'un rire énorme, comme si Jean-Louis avait lancé une plaisanterie.

– Vous verrez, ici, on en revient très vite à l'élémentaire, à la simplification. L'abandon des raffinements prétentieux de la toilette et de tous les objets inutiles et coûteux inventés pour satisfaire de prétendus besoins de confort ne cause nulle douleur. Une table, un bon fauteuil, un lit, des livres, du tabac, une plume, du vin aussi pour les moments de rêverie, l'ombre l'été, les flammes de la cheminée l'hiver, et jour après jour la patiente routine des mains et de l'esprit, c'est pour moi la partie matérielle du bonheur paisible. Le reste, le luxe, le grandiose, la richesse, l'évasion, c'est en soi qu'on les trouve.

» C'est ce que ceux de sa famille, dit le professeur en désignant Anne d'un mouvement de tête, ont voulu sauvegarder pendant longtemps. Mais ils y mettaient plus d'orgueil que de foi. Maintenant l'humanité est une affaire de masse, on ne croit plus à l'individu et l'individu ne croit plus en lui. Il lui faut des modèles. Il passe son temps à se perdre dans les autres. Les villes, les partis politiques, les syndicats, le travail à la chaîne, les congés payés, les nationalismes, les modes, tout est pluriel. La morale a fabriqué l'instinct de foule et d'imitation en appelant solidarité ce qui n'est que démission de l'un pour le tout. La création est toujours l'affaire d'un seul. Michel-Ange, Beethoven, Pasteur étaient seuls, la grâce de l'idée n'est jamais donnée qu'à une seule pensée. Si l'exécution est une affaire de groupe, de forces assemblées, la création, la découverte, la décision sont solitaires. C'est dans la multitude qu'on se perd, non dans le désert. Je suis pour l'exemplaire contre le modèle... Mais tout cela nous fait oublier l'heure du car. Il faut reconduire Anne à Chiusi.

Dans la Fiat, Jean-Louis et Anne roulèrent un moment en silence.

– J'aime beaucoup le vieux Bartoli, dit-elle enfin, bien qu'il pousse l'individualisme un peu loin. Il est certain qu'à son âge, un homme de sa culture ne peut que souhaiter avancer seul, mais il y a des solitudes insupportables, inimaginables presque, à moins qu'on ne soit un saint ermite ou un bagnard à vie.

– Il y a l'amour, dit Jean-Louis d'une voix un peu basse, qui est la négation même du désir de solitude. Il me semble la première lutte de l'homme parti à la recherche de son complément.

– Il y a l'amour, dit Anne, mais j'imagine que le vieux Bartoli doit le ranger non pas au nombre des communications possibles, mais plutôt entre le tabac et le vin... pour la rêverie.

– Oui, il l'a oublié dans son énumération à moins qu'il n'appartienne, à ses yeux, au luxe, au grandiose qu'on ne peut trouver qu'en soi.

Au moment de laisser Anne monter dans le car qui stationnait au bas des remparts – la voie d'accès au village était trop raide pour les chevaux fatigués de son moteur –, Jean-Louis ressentit une sorte de tristesse. Quand la jeune fille l'aurait quitté, il se retrouverait vraiment seul et l'angoisse de la nuit tombante viendrait l'étreindre, comme au premier soir du pensionnat, quand son père quittait le collège. Cependant aimait-il son père en ce temps-là ? Aimait-il Anne aujourd'hui ? N'était-ce pas seulement la simple crainte d'avoir à se supporter seul, sans dialogue possible, sans modèle à observer ?

Le courage de soutenir ses propres pensées, sa propre vie physiologique lui avait toujours fait défaut. Ce soir, il s'offrait l'angoisse délibérée d'un isolement total, dans une nuit qu'il ne connaissait pas, au milieu de gens qui ne parlaient pas sa langue.

Après deux ou trois grognements métalliques, le moteur de l'autocar se mit à tourner. Anne s'approcha de la porte que le chauffeur tenait ouverte. Il pouvait prendre sa valise, suivre l'autocar, retourner à Sienne qui lui paraissait d'ici, en cet instant, une ville délicieusement familière. Mais ce serait fuir, rater le rendez-vous qu'il s'était fixé avec lui-même.

Comme si son angoisse avait été visible dans ses yeux, Anne lui sourit.

– Je viendrai vous voir, après les examens, dès que ce sera possible. En attendant vous pouvez m'écrire, je vous répondrai en français, ce sera bon pour mon orthographe.

Ces mots dits avec une tendresse inhabituelle lui apportèrent soudain la certitude que la jeune fille, elle aussi, paraissait redouter leur séparation. Il y avait dans ses yeux comme une humaine détresse ; Jean-Louis la prit aux épaules et quand le klaxon de l'autocar annonçant un départ imminent secoua l'air de vibrations cuivrées, comme si la nuit était là tout exprès pour que tout soit dissimulé de leur angoisse l'une par l'autre reflétée, leurs lèvres se joignirent.

Anne monta sur le marchepied, ses jambes tremblaient.

– Votre fiancé possible, dit Jean-Louis, qui se voyait contraint si brièvement de résumer, avec l'étonnement de ce baiser, l'impossible promesse de l'amour.

Anne lui serra plus fort les mains, pencha son visage vers le sien. Il vit sa lèvre inférieure tremblante, comme si la jeune fille allait éclater en sanglots.

– Il vient seulement de naître, dit-elle... J'attendrai.

Après le dîner qu'il prit en face du vieux Bartoli, Jean-Louis regagna sa chambre, car le professeur qui se levait chaque matin avec le soleil avait l'habitude de se coucher tôt.

Seul dans la maison du bout du jardin, le jeune homme défit ses valises. Tous ses déplacements à travers la chambre s'accompagnaient des craquements du plancher. Tandis qu'il disposait son linge dans les tiroirs d'une commode, pour la centième fois de la soirée sa pensée revint vers Anne qui maintenant devait être arrivée à Sienne. Le baiser échangé involontairement, cette subtile tendresse l'avaient troublé mais quelque chose lui disait que ce n'était qu'une vague promesse et que tout un chemin lui restait à parcourir pour rejoindre la réalité.

Sur la table de bois poli, il avait posé le petit guerrier romain de l'oncle Giulio, qui, plus que jamais, semblait lancé dans une course de messager, comme si nul lieu humain ne pouvait abriter le destinataire qu'il cherchait depuis plus de mille ans. Était-ce un symbole de sa propre course vers la certitude de la vie ou celui d'une fuite ? Trop de questions demeuraient encore sans réponse. Cependant tout ce qui pouvait dépendre de sa volonté propre pour se libérer, il l'avait accompli. Deux jours plus tôt, à Sienne, il avait vu le cercueil de son père descendre à côté de celui d'Anna Batesti, dans le petit cimetière, et une lampe supplémentaire avait été allumée. Carlo et sa fille avaient assisté à la cérémonie, bien différente de celle qui avait marqué autrefois, en France, l'enterrement de l'industriel Louis Malterre.

Ni fleurs, ni couronnes, ni larmes. Plus qu'une mise en terre, c'était un retour d'exil : l'acte symbolique et matériel des vivants rectifiant les positions de la mort. Seule comptait la signification, et comme dans les légendes, le merveilleux n'était plus transmissible. C'était autant pour sa quiétude égoïste que Jean-Louis avait fait porter à Sienne le corps de son père que pour accomplir une volonté supposée de celui-ci.

Au moment où la dalle de marbre avait été remise en place, Anne avait parlé. « Il est maintenant certain pour nous qu'ils sont côte à côte, mais ils l'étaient de toute éternité. » Jean-Louis s'était souvenu des tombeaux d'Alcobaça. « Au jour du Jugement, avait-il dit, ils n'auront pas à se chercher. Nous avons effacé les traces de la séparation. »

Et le prêtre face à la tombe refermée avait récité la prière des morts.

Ce soir, dans cette maison qui allait être son univers studieux, Jean-Louis ressentait à nouveau plus intensément cette sensation de parfaite disponibilité, qui avait été son but ces derniers mois. De son père, il savait tout et le temps lui paraissait lointain où sa seule ambition était de l'imiter en toutes choses. Il venait de franchir en s'installant ici, maintenant que Louis Malterre avait retrouvé sa place à côté d'Anna Batesti, l'étape libératrice. Désormais, l'oubli lui devenait possible en même temps que la sincérité vis-à-vis de lui-même se révélait indispensable.

Peut-être était-il comme un moine qu'on vient de relever de ses vœux, ou comme un mineur que la retraite ramène des profondeurs de la terre au monde lumineux de la surface. Il allait devoir s'engager conformément à ses goûts, à ses désirs propres dans un réel, non défini par l'exemple. C'était, à la fois, la griserie d'une liberté utilisable à tout instant et le vertige de la solitude. Son travail patient d'archéologue néophyte l'aiderait à limiter la première, à combler la seconde.

Jusqu'au jour où il cesserait de s'observer de l'intérieur, où tout deviendrait spontanéité et confiance, il lui appartenait de se protéger de l'angoisse.

Les Cèdres, avec sa mère et sa sœur, lui paraissaient une entité lointaine, mais il savait que tout échec l'y ramènerait. Il importait donc qu'ici même il trouve son âme et sa personnalité. Les prisons étaient ouvertes comme une fenêtre sur la nuit toscane. Il avait cessé d'être son propre geôlier.

Il se mit au lit très vite après avoir pris, au hasard des rayons, un livre qu'il n'ouvrit pas.

Immobile, il attendit longtemps le sommeil, un peu comme celui qui ayant absorbé le poison attend la mort, parce qu'il était sûr que l'homme qui demain ouvrirait les yeux sur la chambre ensoleillée serait autre. La voix et le baiser d'Anne lui parvinrent encore une fois de la surface des souvenirs.

« Je viens seulement de naître », et l'inconscience du repos l'emporta vers son premier jour.

3.

Quand la première pluie de novembre détrempa la campagne, le vieux Bartoli annonça que la saison des fouilles était finie.

– Jusqu'au printemps, nous aurons assez de travail, dit-il, pour nomenclaturer les pièces, reconstituer les urnes, recoller les assiettes et les plats et récurer les cistes de bronze qui sont de loin les pièces les plus intéressantes mises au jour cette année.

En un peu plus d'un mois, Jean-Louis Malterre avait progressé sensiblement dans la connaissance de l'art étrusque. Ses veillées avaient toutes été occupées par la lecture d'ouvrages recommandés. Il avait adopté le mode de vie du professeur. Il rentrait parfois les mains gonflées d'ampoules, après avoir manié pendant des heures la pelle et la pioche. Le professeur Bartoli devait modérer son ardeur de terrassier.

L'apparition d'un morceau de *bucchero* – cette pâte argileuse noire et brillante à l'aspect métallique – lui semblait l'indice d'une trouvaille possible. Il imaginait des amphores, des vases à portée de sa pioche et, seule, la fatigue de ses bras et de ses reins tempérait son enthousiasme.

Le vieux Bartoli, sur une carte quadrillée, s'efforçait à une stratégie patiente dont les principes se modifiaient sans cesse. Tandis que Jean-Louis et quelques fils de fermiers piochaient un quadrilatère piqueté, le professeur faisait son cours. Pour lui, les collines n'étaient pas désertes, les champs et les pâturages n'existaient pas encore, son imagination et sa science construisaient à leurs places une cité, aux édifices de bois ou de brique, un temple élevé à Vertumne, le dieu toscan, maître de la végétation, des voies funéraires bordées de *tumuli*, véritable ville où les morts attendaient dans des tombes pareilles à des habitations confortables quelque mystérieuse renaissance.

« Il ne nous reste que des tombes, disait en soupirant le vieux Bartoli, et encore ne pouvons-nous trouver que des nécropoles pillées par les Romains, ce qui explique la rareté des bijoux d'or et de bronze dont, cependant, les Étrusques n'étaient pas avares pour leurs morts. »

Peu à peu, Jean-Louis, par ses lectures et ses conversations, avançait dans la compréhension de cette civilisation qui paraissait avoir voulu nier l'abandon de la mort. Sa foi naissante donnait plus de passion à sa curiosité. Qu'importaient les ampoules aux mains et les veilles qui lui brûlaient les yeux, il espérait la Terre promise et, chaque jour, son cheminement devenait plus fébrile.

Après l'exaltation des fouilles, vinrent les journées d'hiver et le patient artisanat des deux hommes dans l'ancienne écurie. Des gravures, des photos, des ouvrages de référence guidaient leurs travaux, au milieu des puzzles incomplets que proposaient les pièces à reconstituer. Les réussites étaient rarement totales. Partant de petits fragments, ils obtenaient parfois, après des heures d'essais et d'assemblages, un fragment plus important qui permettait d'imaginer un volume ou une forme. Les mains tachées de colle et de terre, ils s'efforçaient alors d'identifier l'objet et de déterminer son époque.

– J'imagine quelquefois, dit un jour Jean-Louis, un archéologue de l'an 5000 qui se livrerait à cette même occupation et s'efforcerait de reconstituer notre époque d'après de vagues vestiges épargnés par un cataclysme mondial, une destruction de l'humanité actuelle par une guerre atomique... il pourrait prendre alors pour œuvre d'art un piston de moteur automobile et ne voir que tessons inutiles dans un morceau de vitrail de Chartres.

– Pour un archéologue consciencieux, le doute est une maîtresse qualité, dit Bartoli. Sans le doute, on ne progresse pas.

– Il en est de même en toute chose, répondit Jean-Louis, et il se remit à son travail.

En fait, c'était bien au doute qu'il devait d'être sorti de cet hypnotisme inconscient où l'avaient tenu l'amour et l'imitation de son père. Longtemps, comme un homme perdu dans la vase d'un puits profond, il avait tenté de découvrir l'échelle invisible qui lui permettrait de se hisser jusqu'à un air plus respirable. Maintenant, il y était parvenu et l'équilibre intérieur lui avait été donné comme une grâce. Ayant acquis la conscience d'exister en tant qu'être indépendant, il s'offrait une convalescence que rien ne limitait dans le temps. La chance d'être riche et sans liens d'aucune sorte, la volonté qu'il avait eue de se débarrasser des responsabilités ennuyeuses, lui laissaient l'esprit libre et rien ne lui paraissait, dans le moment, plus important que de découvrir dans des morceaux de terre cuite épars devant lui, le triangle ocre qui compléterait le plateau sur lequel il travaillait depuis un mois.

D'octobre à janvier, il avait échangé quelques lettres avec Anne. La jeune fille l'entretenait de ses travaux, des examens, de la santé de son père et de l'oncle Giovanni, des perspectives du Palio.

De temps à autre, une phrase rappelait à Jean-Louis les circonstances de leur rencontre, elle parlait avec une pudeur orgueilleuse de sa solitude comme si elle escomptait un écho attentif.

Pour sa part, Jean-Louis s'efforçait de la tenir au courant des fouilles, des recherches. Il s'attachait aux détails et faisait étalage de son érudition récente. Par deux fois, il avait déchiré des lettres où s'affirmait un amour avide d'assurance et de promesses, car la phrase d'Anne lui revenait dans les moments où il désirait le plus l'avoir près de lui. « Vous êtes un imitateur, vous voulez réussir dans la vie ce que votre père a accompli dans la mort. » Elle, si subtile, n'avait pu se tromper. Il ne l'aimait pas, c'était encore le vieux démon de l'imitation qui le guidait, une séquelle douloureuse demeurait en lui. Volontairement, il écrivait dans un style impersonnel et froid et ne répondait qu'avec dix jours de retard.

Il en était arrivé à une sorte d'engourdissement du cœur et avait acquis la maîtrise de ses pensées. Agnès s'était mariée, l'usine tournait normalement. Sa mère épouserait le notaire l'été prochain. Il dormait profondément et longtemps, sans jamais faire de rêve. Chaque matin, la glace du cabinet de toilette lui renvoyait l'image du nouveau Jean-Louis. Son visage bronzé avait minci et les yeux bleus paraissaient plus grands, plus vifs, plus mobiles. Au-dessus des tempes, les cheveux s'éclaircissaient. Ses mains avaient perdu de leur blancheur, mais rien de leur finesse bien qu'elles aient été meurtries par les travaux.

Il avait abandonné, sans s'en rendre compte, la démarche mécanique et rapide, cette rigidité du torse imitée de son père, pour une façon plus souple d'avancer à grands pas, chaussé de gros souliers. Il était plus fort et les longues marches dans la campagne avaient changé le rythme de sa respiration, devenue plus ample, moins contrainte. Depuis plusieurs mois, il n'avait pas porté de veston. Pantalon de velours côtelé, chemise de flanelle et un gros pull-over, jeté sans soin chaque soir et enfilé dès le lever, constituaient sa tenue familière, complétée par un chapeau qui avait été autrefois « de ville », mais dont le feutre décoloré par le soleil et la pluie avait acquis une mollesse confortable.

Plusieurs fois il s'était rendu à l'église de Chiusi pour entendre la messe, tôt le matin, avec quelques paysannes en fichu noir. Par moments, une prière spontanée lui venait aux lèvres. Comme s'il n'avait pu contenir ce besoin de s'adresser à Dieu. Une phrase d'un Père jésuite lui revenait en mémoire. « Je ne prie pas, disait-il, ça prie en moi. » C'était une autre preuve de cette disponibilité de l'être qu'il atteignait enfin, car il lui semblait que l'homme délivré des contingences et des obligations faussement indispensables avait une part de lui-même qui retournait tout naturellement à Dieu.

Le scepticisme de son père lui avait depuis longtemps fait oublier l'éducation chrétienne que les jésuites lui avaient dispensée, mais il était sûr maintenant que l'attitude de Louis Malterre avait manqué de sincérité, car seul Dieu pouvait promettre une suite à son amour humain, tragiquement inachevé.

En Toscane, au milieu des êtres simples pour qui prier était une chose aussi naturelle que boire, manger et faire l'amour, les intermédiaires des œuvres divines perdaient toute signification temporelle, pour ceux des croyants qui, comme lui, ne voulaient pas s'embarrasser des disciplines d'une église. Plus que des oraisons, ses prières étaient des communications de créature à Créateur, peut-être même seulement des méditations, auxquelles Dieu se trouvait mêlé en témoin. Parce qu'il gardait intacte et naïve la foi de l'enfance réapparue après des années d'oubli, il refusait d'accorder une importance mystique à ces élans, qui, finalement le rapprochaient plus de son être intime que de Dieu.

Un soir Bartoli lui avait longuement parlé de ce qu'il supposait être la religion des Étrusques.

« À coup sûr, ceux-ci considéraient leur religion comme révélée, et Cicéron rapporte qu'à l'époque de Tarchon, un paysan fondateur présumé de Tarquinia vit jaillir soudain de la terre qu'il labourait un être surnaturel, un enfant d'une rare beauté ayant la sagesse d'un vieux philosophe. Cet enfant, c'était Tagès, qui fit aux Étrusques rassemblés des révélations sur la divinité et leur enseigna la doctrine et le sens des oracles. Tous les anciens s'accordent, et l'étruscologue moderne Alain Huss le démontre, pour reconnaître que les Étrusques comptaient parmi les peuples les plus religieux du monde. »

Le vieux Bartoli était de ceux qui croyaient à une religion monothéiste des Étrusques sans toutefois mésestimer l'importance d'une série de divinités spécialisées, comme Vertumore, déesse de la végétation, Turms, conducteur d'âmes, et bien d'autres.

Les soirs où il abordait ces questions, le vieux Bartoli finissait toujours par arriver, au bout de sa cinquième pipe de tabac odorant, à parler de Turan, sa déesse préférée. Dès lors, ce n'était plus qu'un monologue, au cours duquel le professeur poursuivait le mythe qui lui tenait le plus à cœur. « Turan, disait-il, c'était la dominatrice généreuse, celle qui commandait, qui exigeait, mais qui savait donner. On voit son effigie sur les miroirs étrusques de la dernière période et l'on peut supposer qu'elle est gardienne sévère et attentive des tombeaux. Belle, autoritaire, élégante, c'est ainsi que les Étrusques la représentaient, c'était la femme devenue déesse. » Et la palabre se terminait toujours par la même phrase : « Je donnerais bien tout ce que j'ai déterré à ce jour pour une seule statuette intacte de Turan. »

Ces soirs-là, Jean-Louis regagnait son lit en proie à une grande exaltation. Il se jetait sur les ouvrages dont la bibliothèque regorgeait pour tout apprendre de Turan. Il comparait les auteurs, prenait des notes et se fabriquait une image de l'introuvable déesse, qui reposait peut-être sous une de ces pâtures que foulaient en chantant les bergers.

La déesse avait le visage d'Anne, ses mains aux doigts minces et, si elle avait jamais parlé, ce devait être avec la voix de la jeune fille. Dans ses pensées, le mythe insaisissable et le sentiment d'amour, qu'il refusait avec force, se mêlaient.

Pendant tout l'hiver, il vécut ainsi élevant sa quête chimérique au rang d'un but secret. Au début, ce n'avait été qu'un jeu et son propre enthousiasme le faisait sourire, puis peu à peu, tout s'était cristallisé autour de ce désir de connaissance. Les chevaliers de la Table ronde à la poursuite du Saint-Graal n'étaient pas plus fervents.

C'est ainsi qu'il franchit encore une étape. Après s'être enfin rejoint par-delà les années où il s'était nié lui-même pour ressembler à un autre, il avait la faculté maintenant de sortir de son être réel, de donner vie à des fictions. Le plein fonctionnement de son esprit et de son imagination lui conférait la grâce d'être humainement libre.

Par un glacial matin d'hiver, au petit jour, il gravit la colline où, d'après Bartoli, s'était élevé autrefois un temple étrusque et là, conscient de son existence propre et indépendante, ne sachant s'il voulait s'adresser au ciel plein de nuages spongieux ou à toutes les divinités défuntes, il cria, face à la campagne déserte : « Je suis, je suis, je suis... »

Quand il redescendit vers la villa de Bartoli, il croyait enfin à lui-même.

Le printemps arriva sans prévenir. Un matin, Jean-Louis poussa les persiennes qui claquèrent contre la façade avec un bruit inhabituel, comme si l'air avait une sonorité nouvelle. Sur les branches de l'arbre, de l'autre côté du chemin, il y avait de minuscules pousses vertes et veloutées, comme des souris lilliputiennes, et toutes les couleurs du ciel et de la terre paraissaient avivées comme après une lessive, sous une lumière presque brutale.

Le vieux Bartoli fumait sa première pipe sur le

perron de sa villa. Il eut un clin d'œil et tira une bouffée gourmande qu'il souffla ensuite droit devant lui, dans un sifflement attendri.

– *Privamera*, dit-il, l'Étrurie va revivre. Si le temps se maintient, dans quinze jours nous reprendrons la pioche ; j'ai des projets.

4.

Un lumbago opiniâtre priva le professeur Bartoli du plaisir de voir fleurir les collines de Chiusi. Mars s'annonçait clair et doux et les gerçures des chemins de terre s'écrasaient sous les pas.

Jean-Louis passait quelques heures chaque jour au chevet de son vieux maître. Après avoir mis de l'ordre dans l'atelier qui, les travaux de l'hiver terminés, prenait un aspect de réserve de musée, il paraissait impatient de reprendre la pelle et la pioche.

– Je sens que cette saison nous trouverons quelque chose de bien, disait le vieux Bartoli. J'ai remarqué que les tombes ouvertes à ce jour pouvaient se situer sur les côtés d'un rectangle et sur ses diagonales. Il suffira, peut-être, de fouiller sur ces axes pour découvrir de nouveaux tombeaux. Rien n'empêche d'imaginer que les cimetières étrusques avaient une ordonnance géométrique. S'il en est ainsi, nous avons du travail.

Quelques jours après cette conversation, alors que Jean-Louis bavardait avec des touristes anglais, devant la célèbre tombe du Singe qu'ils venaient de visiter, un paysan, ouvrier habituel du père Bartoli, vint à lui.

– *Signore*, dit-il, en enfonçant un pieu de clôture sur une terre que je viens d'acheter, j'ai trouvé un trou.

C'était toujours ainsi qu'on découvrait les tombes. Il était même arrivé qu'un laboureur vît un de ses bœufs disparaître jusqu'au poitrail dans l'escalier d'une salle souterraine. Jean-Louis prit congé des Anglais et suivit le paysan. Le pieu avait disparu. Dans la terre rocailleuse encore durcie par l'hiver il n'y avait qu'un trou, où l'on pouvait passer le bras. D'après l'Italien, la croûte couvrant l'excavation ne devait pas avoir plus d'un mètre d'épaisseur. Il devenait imprudent de circuler aux alentours, car elle pouvait recouvrir un simple puits comme cela s'était déjà vu.

Jean-Louis repéra le lieu et conseilla au paysan d'attendre que le professeur soit debout avant d'entreprendre quoi que ce soit.

– Si on trouve des choses, j'aurai ma part ? demanda l'homme.

– Bien sûr, c'est la loi.

« Sans le lumbago du vieux Bartoli, on aurait pu commencer tout de suite », pensa-t-il, oubliant que le matin même il avait décidé d'aller passer quelques jours à Sienne.

Il trouva le vieux professeur calé sur ses oreillers, une pile de livres sur sa table de nuit, rêvant devant une carte à grande échelle dépliée sur les draps.

– Venez voir. C'est bien ce que je vous disais hier !

Et désignant les coups de crayon bleu :

– Toutes ces croix indiquent les tombes connues. Il y en a sept qui se trouvent géométriquement situées comme je vous le disais. Si je les relie par des lignes droites, j'obtiens un rectangle et ses diagonales.

Se penchant sur la carte, le jeune homme lâcha une exclamation que le vieux Bartoli prit comme un hommage à sa perspicacité.

– Vous avez certainement raison, il y a à faire par là, dit Jean-Louis en suivant de l'index le tracé de Bartoli.

Tandis qu'il écoutait d'une oreille distraite le vieil homme développer son argumentation, son esprit travaillait et ses yeux enregistraient les détails du plan. Après l'étonnement de tout à l'heure, l'assurance lui venait que le pieu de Silvio avait exactement disparu au croisement des diagonales du rectangle tracé par le vieillard. Il en était certain. Le chemin du Monte Verde et la tombe du Singe fournissaient des repères précis. Si c'était bien une salle funéraire que Silvio avait repérée, ce pouvait être la plus importante du cimetière, celle du centre qui renfermait peut-être les restes de la plus riche famille.

– ... suffira de travailler avec méthode et patience, continuait Bartoli...

Peut-être les souterrains d'un temple, imaginait Jean-Louis ou la tombe des guerriers comme dans d'autres cimetières ou celle d'un prince.

– ... reconstituer une cité d'après l'ensemble de ses morts, poursuivait le professeur.

Quelques minutes plus tard, Jean-Louis prit congé de Bartoli, sans rien lui dire de l'indice découvert par Silvio. Il savait déjà qu'il irait seul à la découverte, au risque de peiner son vieux maître, comme si de cette fouille dépendait sa seule foi.

Tôt le lendemain, il prit le chemin de la ferme de Silvio, emportant les outils.

– On commence tout de suite, dit-il au paysan, le professeur est d'accord.

– *Bene, bene*, répondit Silvio que la pensée de connaître la valeur de sa trouvaille enthousiasmait.

Ils travaillèrent pendant de longues heures et furent un peu déçus en découvrant un puits carré d'un peu plus d'un mètre de côté. Silvio, comme tous les Toscans, ne considérait la valeur de l'effort qu'à la rapidité des résultats. Il se souvint de tâches urgentes à accomplir et abandonna Jean-Louis. Celui-ci ne fut pas mécontent d'être seul, et quand un coup de pioche lui annonça par sa résonance – qui se traduisit en vibrations douloureuses dans ses poignets – la résistance de la pierre, il eut le pressentiment que les promesses de son imagination seraient tenues.

Finalement, à petits coups nerveux qui lui mirent la sueur au front, il dégagea le profil d'une voûte semblable à celles qui marquaient l'entrée des tombes. Autant qu'il put en juger, elle lui parut plus lisse, comme plus soignée que celles qu'il connaissait, comme si le ciseau de l'ouvrier étrusque avait eu un souci de perfection. Dès lors, il sut qu'en creusant contre cette face du puits, il trouverait le début d'un escalier. Il se remit au travail.

Quand la lumière déclina sur la campagne, que ses reins douloureux et ses mains brûlantes l'obligèrent à poser la pioche et la pelle, il s'était enfoncé de quelques mètres dans la terre. Le père Bartoli aurait critiqué son travail. Il n'avait pas dégagé les marches, se contentant d'ouvrir sur un plan incliné le passage de son propre corps.

En descendant vers la ville, il vit Silvio au seuil de sa maison, son chien entre ses jambes, qui dégustait à grandes cuillères le minestrone.

– *Niente* ? lança le paysan.

– *Niente*, répliqua Jean-Louis.

Silvio eut un geste fataliste et lui souhaita le bonsoir.

Après une toilette minutieuse, dissimulant ses mains dans ses poches, il rendit visite au professeur. Celui-ci avait tenté un circuit à travers la chambre et s'était recouché en grimaçant de douleur, pestant contre son mal qui, au dire du médecin, pourrait le tenir encore une quinzaine au lit. Il paraissait amer et abattu.

– Être encore sensible au printemps, à mon âge, disait Bartoli, c'est une ironie de la nature que je n'apprécie pas. Il y a tant à faire et il me reste si peu de jours... La sagesse me conseillerait de creuser ma tombe, plutôt que d'ouvrir celle des autres.

– Vous aurez déterré toute la lucumonie de Chiusi avant de choisir votre place, dit Jean-Louis. Les dieux comptent sur vous pour être tirés de l'oubli.

Cette gent-là qui gît dans les sépulcres
Ne la pourrais-je voir ? Voici que les couvercles
Sont relevés et personne n'y veille[1]...,

cita-t-il, et le vieux Bartoli sourit.

1. Dante, *la Divine Comédie*, Chant X de l'Enfer.

– Rien ne prouve que nous n'ayons à déterrer que des Épicuriens... mais je vous le ferai voir.

Après trois jours de travail harassant, Jean-Louis réussit enfin à dégager l'entrée de la tombe. Elle était faite de deux battants de pierre plus hauts que lui. Du burin et de la pince, il décrassa la jointure et les pourtours du chambranle. Le parfait ajustage des blocs taillés promettait encore bien des résistances. Il eut un moment la pensée d'aller prévenir le vieux Bartoli et d'en rester là, en attendant son complet rétablissement.

Ouvrir une tombe n'était pas une petite affaire. Il y fallait des précautions, le professeur le répétait souvent. Les battants devant lesquels se trouvait Jean-Louis pesaient vraisemblablement plusieurs tonnes. Il risquait en grattant le tuf qui les soudait depuis des siècles, de les déséquilibrer si les gonds taillés à même la masse de la pierre étaient rompus.

Cependant, une intuition sereine le guidait. Il devait forcer ces portes, obtenir au prix d'un effort surhumain la découverte à lui seul réservée. Les histoires des trésors cachés de ses lectures d'enfant lui revenaient à l'esprit. Il se sentait doué d'une force et d'une volonté insoupçonnées jusque-là. Travaillant vite, tantôt à petits gestes vifs et précis, tantôt en utilisant toute la puissance de ses muscles, il parvint à faire jouer de quelques centimètres l'un des battants.

La nuit était tombée. Le vieux Bartoli avait dû s'impatienter, puis s'étonner de ne pas le voir. Certain que Silvio jusque-là satisfait des « *niente* » qu'il lui lançait chaque soir en passant devant sa ferme ne viendrait pas jusque-là, il abandonna ses outils et descendit à grands pas vers le village.

– Que vous est-il arrivé ? dit le vieux Bartoli qui laissa tomber son livre, en remarquant l'agitation de son disciple.

– J'ai trouvé une tombe... étonnante... sur le terrain de Silvio.

Le malade eut un sursaut qui amena sur son visage une grimace de douleur. Il rattrapa sa pipe éteinte qui roulait sur la couverture.

– Sur le plan, montrez-moi où.

Puis il eut la réaction que redoutait Jean-Louis, pendant qu'il cherchait sa carte dans le fouillis de la commode.

– Vous auriez pu me le dire, ce n'est pas d'hier, j'imagine.

– Je voulais être sûr que c'était autre chose qu'un vieux puits. Il reste à ouvrir la porte.

Quand le professeur eut demandé des détails et situé la tombe sur le plan, son enthousiasme lui fit oublier toute rancune.

– C'est la tombe-miracle, dit-il, la centrale, c'est

ça... Je vais vous expliquer comment il faut l'ouvrir...

– ... pas sans vous, s'écria Jean-Louis, pris de remords et ému par la générosité du vieux professeur.

– Comment ! pas sans moi ! Mais bien sûr que si. Dès demain ; je ne suis qu'un vieil homme, il ne s'agit pas d'inaugurer un monument mais d'arracher de nouveaux secrets au peuple défunt. Vous saurez très bien, vous saurez mieux que quiconque, parce que, si j'ai bien compris, depuis que vous êtes ici, vous cherchez bien autre chose que de vieilles pierres.

Longuement, les deux hommes bavardèrent et, nanti des recommandations du professeur, Jean-Louis le quitta vers minuit. Une demi-lune d'une exceptionnelle intensité mettait des reliefs fantomatiques sur la campagne. Jean-Louis décrocha les deux lampes-tempête qui servaient à éclairer l'atelier sans électricité et gravit à nouveau la colline.

La fatigue s'était dissoute, ne lui laissant qu'un léger vertige. Celui que ressentirent les mages et les bergers suivant l'étoile dans le ciel de Bethléem.

« C'est étrange, pensait Jean-Louis, en travaillant, le front en sueur, au fond de la fosse, pour gagner centimètre par centimètre sur la force inerte qui s'opposait à la sienne, étonnant comme ma destinée semble liée à des tombes. Celles légendaires d'Alcobaça, celle d'Anna à Sienne, celles étrangères des Étrusques. »

Tandis qu'il peinait, s'efforçant de suivre les conseils du professeur, dans une sorte d'exaltation fébrile qu'il ne pouvait dominer, tout paraissait s'ordonner dans son esprit. À Alcobaça, il ne savait même pas voir et la femme au Leica lui avait appris. Sa pensée revint à Margaret Greenworth. Où était-elle cette nuit ? En quel lieu du monde poursuivait-elle sa lutte contre les fantômes ? La paix lui avait-elle été donnée par une certitude à elle seule destinée ? Devrait-il comme il l'avait promis lui révéler son propre aboutissement qu'il sentait proche ?

Ce ne serait pas nécessaire. Ils étaient redevenus des étrangers qui ne pourraient plus désormais échanger leurs expériences ni influencer, l'un par l'autre, leurs perceptions.

Margaret Greenworth lui avait appris à voir avec les yeux de l'esprit. Par eux, il s'était assuré des forces occultes enfermées dans les tombeaux jumeaux d'Alcobaça, unique sépulture d'un amour supra-humain. La tombe d'Anna dans le cimetière de Sienne avait, par lui, atteint à son unité. Il avait rassemblé par-delà le temps de la mort des êtres de chair et de sang devenus par une connivence mystique une seule et éternelle fatalité. Son père et Anna, ensevelis côte à côte, perdaient toute individualité et participaient comme Pierre le Cruel et Inés de Castro au rayonnement des pierres sanctifiées.

C'était maintenant au-delà de l'amour et des extases sensuelles accessibles aux humains qu'il devait atteindre à son tour, ne fût-ce qu'un instant. Hors des sentiments et des sensations, l'assurance formelle d'être une cellule motrice de l'univers lui parvenait par de mystérieuses ondes.

Enfin, le tombeau céda comme une huître perlière. Il s'ouvrit exhalant le souffle d'un monde englouti, une haleine sèche, une putridité douceâtre. Le seuil d'un univers obscur était ouvert sur une atmosphère de cauchemar. Jean-Louis leva d'un bras tremblant sa lampe dont le faisceau, par l'entrebâillement du sépulcre fermé depuis plus de deux mille ans, se heurta aux ténèbres densifiées par le temps.

D'une poussée de l'épaule il fit pivoter la porte de pierre, il avança un pied, devina la première marche d'un escalier. La descente lui parut interminable. À l'air raréfié se mêlaient d'étranges odeurs, des effluves enivrants ou empoisonnés, l'ombre semblait avoir une épaisseur, un poids.

L'angoisse humaine lui serra les tempes, mais le vertige physique ne pouvait plus attenter à la lucidité de la pensée. Il aurait pu se retourner, fuir, retrouver là-haut la nuit fraîche et familière, mais déjà il était comme envoûté. La lointaine exigence de la révélation l'attirait comme l'être au seuil de la naissance consciente. Quand il eut atteint le sol de ce qu'il savait être la première salle de la tombe, il s'arrêta pour entendre comme un gong son cœur annoncer sa présence en ce palais de nuit et de silence.

Là peut-être se trouveraient des trésors, des pièces précieuses pour l'archéologie, des explications inédites, de nouvelles clés de la connaissance, tout serait ramené à la réalité pesante des objets. Cette sorte de banalité le décevrait mais suffirait à combler de joie le vieux Bartoli. Lui, Jean-Louis Malterre, savait déjà qu'il aurait plus, et quand la lueur de la lampe éclaira à moins d'un mètre une forme droite encapuchonnée de ouate grise, il comprit que le message à lui destiné, venait de lui parvenir.

Doucement ses doigts firent glisser l'impalpable poussière, légère comme une enveloppe consumée, un éblouissant rayon d'or renvoya comme une vibration la clarté de la lampe. Une statuette émergea comme une apparition crevant une gangue de nuage. Radieuse, éblouissante de beauté, la tête surmontée d'un cône ciselé, Turan, la Première déesse, souriait comme s'il était exact, lui l'humain, à un rendez-vous fixé de toute éternité.

Jean-Louis eut un long frisson, des larmes jaillirent de ses yeux, un instant la conscience de son corps lui échappa. Tout demeura suspendu à la seule réalité de l'esprit. D'autres regards multiples lui étaient accordés, un sens nouveau lui permettait de tout saisir de cette rencontre immatérielle, l'échange s'opérait comme le dialogue de deux lumières. L'âme refusée lui parvenait enfin. Turan, de sa main droite relevée, paume en avant comme un miroir à hauteur de l'épaule, semblait la projeter dans une sorte de bénédiction.

La peur, l'angoisse l'avaient abandonné. Une forme de joie incommunicable avait envahi Jean-Louis ; d'un seul geste il arracha une manche de sa chemise et, sans la déplacer, nettoya la statuette.

Dans une robe fourreau qui moulait des formes parfaites et lisses et qu'elle tenait serrée sur le cœur de la main gauche, la déesse au buste à demi dénudé était l'exquise créature dont avait toujours rêvé le professeur Bartoli. L'artiste lui avait donné le visage de la beauté faite femme, tel que tous les temps percevaient la perfection.

Quand la lampe commença à grésiller, avant de s'éteindre, Jean-Louis eut un dernier regard pour Turan et un nouvel éblouissement. La déesse d'or avait le sourire d'Anne. Aussi soudain que l'obscurité, le vertige triompha de lui. Son corps ne fit pas le moindre bruit en tombant sur le sol. Il souleva des flocons de poussière ou de cendres qui retombèrent, comme si la lente usure du temps contre l'éternité n'avait d'autre symbole offert à l'exigence matérielle, à un moment de vie.

Bien plus tard, quand les syllabes de son nom, répétées dans le lointain sonore, lui cognèrent dans la tête et qu'il ouvrit les yeux, il aperçut un rectangle de soleil face à lui au sommet d'un escalier trop raide. De cette lumière, tombait son nom comme un appel.

Il se dressa en reconnaissant la voix, souleva d'une seule main la statuette de Turan, qui quelques heures plus tôt lui avait paru beaucoup plus grande et, trébuchant sur les marches, il courut vers la sortie du tombeau et déboucha dans la fosse qu'il avait creusée. Anne était là, rayonnante, brisée d'émotion.

– Oh ! Jean-Louis, comme j'ai eu peur, cria-t-elle.

Debout au bord du trou, sur deux cannes, le vieux Bartoli souriait. Quand Jean-Louis lui tendit la statuette, il laissa tomber les cannes, pour la saisir, oubliant ses douleurs.

– Je savais que c'était vous qui me l'apporteriez.

Anne ne voyait rien d'autre, elle, que le visage fatigué et gris de poussière de Jean-Louis. Elle lui tendit les bras et ils se tinrent longtemps, bouche contre bouche, embrassés.

– Je suis venue vous chercher, dit-elle.

– Maintenant puis-je vous dire que...

– Tout est dit, les faux miroirs sont brisés.

Et quand ils redescendirent vers la ville, main dans la main, ils portaient en eux, unique et partagée, la miraculeuse félicité qui baignait l'Éden avant la colère de Dieu.

Table

Du même auteur

Les Trois Dés, Julliard, 1959, roman.

L'Anglaise et le Hibou, Julliard, 1961, roman.

Les Délices du port, Fleurus, 1963, essai.

Enquête sur la fraude fiscale, Jean-Claude Lattès, 1973.

Lettres de l'étranger, Jean-Claude Lattès, 1973 ; Denoël, 1995, chroniques. Préface de Jacques Fauvet.

Comme un hibou au soleil, Jean-Claude Lattès, 1974, roman. Livre de poche, 1984.

Louisiane, Jean-Claude Lattès, 1977, roman, premier tome de la série *Louisiane*. Prix Alexandre-Dumas ; prix des Maisons de la Presse. Livre de poche, 1985.

Fausse-Rivière, Jean-Claude Lattès, 1979, roman, deuxième tome de la série *Louisiane*. Prix Bancarella (Italie). Livre de poche, 1985.

Un chien de saison, Jean-Claude Lattès, 1979, roman. Livre de poche, 1982.

Bagatelle, Jean-Claude Lattès, 1981, roman, troisième tome de la série *Louisiane*. Prix de la Paulée-de-Meursault. Livre de poche, 1985.

Pour amuser les coccinelles, Jean-Claude Lattès, 1982, roman. Prix Rabelais. Livre de poche, 1983.

Alerte en Stéphanie, Hachette Jeunesse, 1982, conte. Illustrations de Mérel.

Les Trois-Chênes, Denoël, 1985, roman, quatrième tome de la série *Louisiane*. Folio, 1989.

La Trahison des apparences, Éditions de l'Amitié – G. T. Rageot, 1986, nouvelles. Illustrations d'Alain Gauthier. J'ai lu, 1994.

L'Adieu au Sud, Denoël, 1987, roman, cinquième tome de la série *Louisiane.* Folio, 1989.

Les Années Louisiane, Denoël, 1987, en collaboration avec Jacqueline Denuzière. Folio, 1989.

L'Amour flou, Denoël, 1988, roman. Folio, 1991.

Je te nomme Louisiane, Denoël, 1990, récit historique.

La Louisiane du coton au pétrole, Denoël, 1990, album, en collaboration avec Jacqueline Denuzière.

Helvétie, Denoël, 1992, roman, premier tome de la série *Helvétie.* J'ai lu, 1993.

Rive-Reine, Denoël, 1994, roman, deuxième tome de la série *Helvétie.* J'ai lu, 1995.

Romandie, Denoël, 1996, roman, troisième tome de la série *Helvétie.* J'ai lu, à paraître.

Beauregard, Denoël, 1998, roman, quatrième tome de la série *Helvétie.* J'ai lu, à paraître.

Et pourtant elle tourne..., Fayard, 1998, chroniques.

INTRODUCTIONS ET PRÉFACES

Boulevard des Italiens, Draeger, 1975, album hors commerce, photographies de John Craven.

Lettre de Vittel, Société générale des eaux minérales de Vittel, 1979, hors commerce.

Walter Uhl, le rêve capturé, de Claude Richoz, Éditions du Vieux-Chêne, Genève, 1985, album.

À l'ombre de la Perdrix, de Jean Andersson, Créer, Nonette, 1986, écrits sur le Pilat, illustrations de Maurice Der Markarian, album.

La guerre de Cent Ans des Français d'Amérique aux Mari-

times et en Louisiane, 1670-1769, de Robert Sauvageau, Berger-Levrault, Paris, 1987.

Voyages dans les Hébrides, de Samuel Johnson et James Boswell, traduction de Marcel Le Pape, La Différence, Paris, 1991.

Manufrance, les regards de la mémoire, de François Bouchut, Éditions de l'Épargne, 1992, album.

Terrenoire, pays noir dans un écrin vert, de Marcelle Beysson, Bibliothèque municipale de Terrenoire, Évasion culturelle terranéenne, 1992, récit historique illustré.

La Suisse, de Louis-Albert Zbinden, photographies d'Alfonso Mejía, Romain Pages, Sommières, 1993, album.

Cet ouvrage, composé
par I.G.S. - Charente Photogravure
à L'Isle-d'Espagnac (16),
a été achevé d'imprimer en avril 1999
par G. Canale & C. S.p.A. - Borgaro T.se (TO)
pour le compte des Éditions Fayard
75, rue des Saints-Pères
75006 Paris

Imprimé en Italie

Dépôt légal : mai 1999
N° d'édition : 5222
35-33-0592-01/2
ISBN 2-213-60392-8